E. B. White
ON DEMOCRACY

论希望

【美】E.B.怀特 著
【美】玛莎·怀特 编
肖一之 译

上海译文出版社

目 录

　　心怀美国就像在手里捧着一封情书一
样——它有如此独特的意义。

——E. B. 怀特

　　富兰克林根本就放不下这篇文章。在他的顾问，那位从新政执行者变成战时军师的哈利·霍普金斯①的建议下，合众国总统从全球战争的重压下暂时抽身阅读了一篇《纽约客》1943 年 7 月 3 日的《短文与评论》栏目刊载的散文。这篇小文章源自作家战争委员会的一封来信，但它处理的却是再大不过的主题。作家战争委员会是由一群致力影响公众对二战中盟军行动看法的作家组成——这个委员会的领袖是悬疑小说家雷克斯·斯托特②，那位热爱兰花的纽约侦探尼禄·沃尔夫的缔造者。用这份杂志里无处不在的日常口吻，这位《纽约客》的作家写道："前几天我们收到了一封作家战争委员会的来信，要我们提供一份关于'民主含义'的声明。"他继续说：

> 委员会肯定知道民主是什么。它是靠右排队。它是"不要挤"里的"不要"。它是老古板身上的洞，从那个洞里不停地往外漏锯木屑。它是高帽子上凹陷的那块。民主就是一个重复出现的疑心，怀疑超过一半的人在超过一半的时间都是对的。它是在投票间里的私密感，是在图书馆里的头脑交流，是处处可见的活力感。民主是给编辑的一封信。民主是第九局开始时的分数。它是一个还没有被证伪的观点，一首歌词还没有变得糟糕的歌曲。它是热狗上的芥末酱，是限量配给的咖啡里的奶油。

罗斯福觉得这篇文章妙极了。"我爱死它了！"他说，而且，照霍普金斯的传记作者和剧作家罗伯特·E. 舍伍德③的话说，总统"在'爱'字上还带着上扬的重音"。

---

① 哈利·劳埃德·霍普金斯（Harry Lloyd Hopkins, 1890—1946），美国政治家，曾任美国联邦紧急救助管理局局长，是罗斯福新政的主要设计者，也是罗斯福在二战期间最信任的私人顾问。

② 雷克斯·斯托特（Rex Stout, 1886—1975），美国悬疑小说家，下文的尼禄·沃尔夫是他创造的最出名的侦探角色，他同时也是一位热爱美食和园艺的生活家。

③ 罗伯特·艾默特·舍伍德（Robert E. Sherwood, 1896—1955），美国剧作家，后担任罗斯福的演讲撰稿人，并在二战期间负责战争信息办公室的海外部门工作。

罗斯福在不同的聚会场合都念了这篇文章给人听，在他朗诵结束时都带上了一句质朴的结语（至少是这位海德公园的绅士能说出的最质朴的话了）："这说得就和我感觉的一样。"

这些感觉，重要的是，是属于《短文与评论》栏目的作者、《纽约客》的长期撰稿人 E. B. 怀特的，他关于自由和民主的写作，由他的孙女玛莎·怀特编辑成本书，在这么多年之后依然能够俘获我们。很少有东西像给杂志写作的散文一样是无法长存的（布道词也差不多，还有绝大部分的政治演说），但是怀特，他或许可以说是二十世纪最出色的散文家了，可以长存是因为他平实诚恳地写了最重要的东西，从他在缅因农场上的生活到不同国家和不同民族的生活。通常因为他的儿童文学作品（《夏洛的网》和《精灵鼠小弟》）更为人所知而不是因为他创作的大量散文，怀特是一位非常少见的作家，一位他的普通作品是如此不普通的作家，以至于在他去世几十年之后这些作品还值得我们关注。

这也就是此时你捧在手里的这本选集的价值所在。怀特的生活和写作贯穿了我们历史最有争议的几个时刻，在这几个关头美国最好的时候觉得自己是站在被告席上的，而最坏的时候则是站在绞刑架上。大萧条、第二次世界大战、麦卡锡红色恐慌时代、冷战，还有民权运动时期——在怀特给《纽约客》和《哈泼氏杂志》写稿时，这些事件都在他警觉的眼前展开。他尤其擅长通过探索具体而微之物引发对普遍存在的思考，而这正是散文家的第一要务。他的作品涉及了政治，但并不是通常理解上的政治写作，这本书里的文章也凸显了历史大剧展开时冷静观察家起到的重要作用。因为怀特不是一位魅力十足的演说家——他一辈子都躲着讲台——他也不是我们所理解的活动家或者党派政治参与者。相反，他是美国生活大合唱中的一个冷峻但深沉的声音。

在第二次世界大战之初，在1939年美国怡人的九月，就在纳粹德国入侵波兰、把欧洲拖入了一场将要持续将近六年的战争时，怀特描述了在缅因近海度过的一天。"当我们载着今天捉到的龙虾，迎着灌进牙缝里的清风，努力驾船在海湾里逆流而上回家时，我突然意识到这一切就是我们要战斗的缘由，"他写道，"就是这个。我们要不可以继续享受它要不就会失去它，这个可以说出我们自己想法的权利，可以拉起我们自己的龙虾笼子的权利，管自己的事的权利，还有享受开放、广阔海洋的权利。"

这场战斗似乎在二十一世纪初的头二十年里还在继

续，此刻一个来自怀特挚爱的纽约的见风使舵的房地产商和真人秀明星爬上了美国政治的顶峰，就靠着利用，以及在某些情况下编造共和国生活里对人口状况和身份变化的恐慌。我们不能确定怀特对特朗普或者推特的看法会是什么，但我们肯定可以说 E. B. 怀特的美国，也就是在这本选集里描述的美国，是一个和第 45 任总统治下的美国相比更好、更美丽也更舒适的地方。想起 1938 年的慕尼黑协定——那个由英国首相内维尔·张伯伦谈判签订的，使得希特勒可以更大胆地推进他建设一个千年帝国野心的协定——怀特写道："老英格兰拿万字徽而不是熏鱼当早饭吃是一个我不愿意活着看到的场面。虽然我不是个战士，但我也乐意为了那些纳粹想要毁灭的东西而战。"现在再读到他，在一个如此多美国人都得和我们不愿意活着见到的场面共同生活的时代，既让人安心又让人觉得受到了挑战，因为怀特的美国，它也应该是我们的美国，是值得为之乐于一战的。

1899 年出生在纽约州的芒特弗农，埃尔温·布鲁克斯·怀特是家里六个孩子里最小的那个，在优渥的环境中长大。"如果不幸的童年是作家不可或缺的人生经历，那我就不够格了：我错过了所有的不幸，没有穷过也没缺过爱。"他如此回忆道。他的父亲是一位成功的商人，给自己的家人在离纽约城就二十五分钟的韦斯切斯特县营造了一个安全的港湾。"我们在萨米特大道 101 号的大宅子就是我的城堡，"绰号是"En"的怀特如此写道，"我从那里出门和人作战，而当我受惊吓或者惹了麻烦时又会逃回那里。"还有在缅因州度过的夏天，在韦斯切斯特上的公立学校以及一个大家庭的温暖。他也非常敏感，从很小就是。"每一个孩子都有的正常恐惧和担忧在我身上发展到了非常高的水平；每一天都是惊险的前途。我几乎在为所有东西发愁：未来的不确定，阁楼的黑暗，学校里多样的生活与严格的纪律，生命的短暂，教会和上帝的神秘，身体的脆弱，午后的哀伤，性的阴影，还在远处的爱情和婚姻的挑战，还有将来要面对的生计问题。我思考着所有这一切问题，日复一日地和它们生活在一起。"

怀特的父亲萨缪尔·蒂利·怀特或许察觉到了自己小儿子爱发愁的天性，于是在 1911 年给这位小伙子写了一封昂扬的生日贺信。"你好！我们心怀喜悦和快乐地在你的生日这天向你致敬，"怀特的父亲如此写道，"希望每一个生日都能带给你大地最好的礼物和上天最妙的祝福。把今天看作你的幸运日吧。你生在了地球表面最伟大也是最好的国度，这里由人类已知的最好政府统治。心怀感激你是一个美国人。而且你还是一个大家庭里最小的孩子，你也从哥哥和姐姐们的陪伴中获益了……当生活中的琐事惹你烦心之时，记得今天在你生日这天，你听到有个声音告诉你要朝上朝外去望向生活中重要的东西，然后看着它们说——它们肯定都是属于我的。"

于是从幼年开始，怀特就被鼓励着用最崇敬的方式去评价美国。尽管它有种种不足，这个国家是一个有特定优点的地方，也是一个值得捍卫的地方。十八岁时，他反复思量要不要参加第一次世界大战，但最后还是决定放弃。（他也考虑过加入救护车队，理由是他"更情愿去救人而不是杀人"。）他改而去位于纽约州伊萨卡的康奈尔大学，然后成为了一位的确会朝上朝外（同时也朝内）望的作家。

1925 年《纽约客》杂志的创立是怀特的人生和美国文学的一个转折点。由哈罗德·罗斯①所创办的这份周刊，就像罗斯本人一样，既混乱又精彩。"在最开始的那段时间，参与其中的人，"怀特回忆说，"就像流动扑克

---

① 哈罗德·罗斯（Harold Ross，1892—1951），美国记者和出版人，他于 1925 年创立了《纽约客》，并一直担任该杂志主编直到去世。

牌局里的人一样可疑。"其中就有詹姆斯·瑟伯[1]，还有凯瑟琳·安吉尔[2]，她在1929年成为了怀特夫人。"白天我能看到她在办公室的表现，"怀特回忆说，"一天结束的时候，我看着她用一个鼓鼓囊囊的便宜公文包把全部乱七八糟的东西都带回家。灯一直亮到很晚，而我们的床上一堆一堆地堆满了校样，而我们的家里充满了笑声，还弥漫着她认真和勤劳的精神。"

就在他和凯瑟琳结婚那年，怀特赞许地引用了最高法院奥利弗·温德尔·赫尔姆斯大法官的一则不同意见书，可以说他关于自由和民主的经典写作由此就揭开了序幕。在读到关于战争部长在西点军校做毕业讲话的报道之后，怀特写到他希望那些年轻的毕业生遵循赫尔姆斯最近的一个观点："所有的西点军校毕业生都应该读读他［赫尔姆斯］的话，这些字比突刺的剑还要闪亮：'……如果宪法里有哪条原则比其他原则更加让人无法抗拒地认同，那就是思想自由的原则——不光是那些同意

---

① 詹姆斯·瑟伯（James Thurber，1894—1961），美国幽默作家、剧作家和漫画家，他1927年加入《纽约客》，一直是怀特的密友，两人曾合写过经典诙谐作品《性是必要的吗？或者你为什么有这样的感觉》。
② 凯瑟琳·安吉尔（Katharine Angell，1892—1977），《纽约客》编辑，在塑造该杂志的风格上起到了关键作用，也是她把怀特推荐给了哈罗德·罗斯，她在1929年和第一任丈夫离婚之后嫁给了怀特。

我们的人的思想自由，还有给那些我们憎恨的思想以自由。'"

他不是一个可以预测的照党派分界线行事的人。在大萧条中期思考当时流行的由政府控制经济的讨论时，怀特写道："虽然我们热切期望有人能做点事情改变政府，减少财富的不平等以及改正不公的地方，但我们还是不相信放弃私营企业。……合作和热心为公的精神，我们毫不怀疑，是在我们的经济结构中越来越必要的；但我们很怀疑它们在我们的天性里到底有多少，也怀疑我们能不能写出伟大的音乐，如果我们身处一个职责就是调谐我们不同的泛音的中央计划委员会的指挥下。"而当罗斯福总统提议在1936年大选之后填补最高法院以保证高院的裁决对新政更友好时，怀特完全不能接受。怀特写道："当一位领袖觉得自己知道所有答案，于是提议要控制一切的时候，我们就拒绝追随他，无论他有多高尚。"

在1940年6月，当德军开进巴黎之时，怀特代表《纽约客》发了言。"对很多美国人而言，战争（在精神上）开始于很多年之前，从犹太人受苦时就开始了。"怀特写道，"对上百万其他对历史的主调没有那么敏感的人而言，只有从巴黎陷落于德国人之手的时刻开始，战争才变得真实了。我们看到了今天街上人们的脸，确定战争终于成真了，剩下的最后一步就只是把恐惧转变成决心。……民主现在被要求要把自己的荣誉和诚实装上轮子，用所有它能掌控的电力生产出一个能让所有人自由而且也许还能让很多人满足的世界。我们相信，也需要继续相信，即使这也是人力所能及的。"

怀特关于民主思考的基本点是公平竞争的精神和对自由的热爱。他赞成一切捍卫并且拓展自由的东西，反对一切破坏或者限制自由的东西。"如果相信人应该自由生活就是孩子气的，"他在1940年9月如此写道，"那么我乐意迟缓我的发育，让世界上其他的人长大去吧。"

而他也毫不惧怕有必要时在文章里申斥其他所有人。1940年的秋天，尽管法国已经令人恐惧地失陷了，英格兰战役也在进行中，此时孤立主义的势头却依旧强劲，怀特在和其他纽约人聊天时，他非常失望地注意到有一个人"在发现我的血液里涌起了狂热的迹象时，责备我丧失了自己的独立，丧失了我纯粹批判的视角。他宣布他不会被这些谬论冲昏头脑，而是更情愿继续扮演天真的旁观者这个角色，他说这是任何聪明人的义务"。

至少有一个聪明人，怀特本人，选择不同意这一观点。"在这样的时代一个人至少应该声明自己的立场，昭告天下他站在哪里，"他写道，"我信仰自由，怀着和一个半多世纪之前见证它在这个大陆上诞生时同样炙热的欢欣，同样的信念，和同样强烈的忘我。我正在飞快地撰写自己的宣言，仿佛我正在为了赶火车飞快地刮脸一样。国外的现状给人一种时间所剩无几的感觉。……我只是想要在我慢下来之前说清楚我爱自由，这是一次长久的恋爱，身处这种状态感觉好极了，我也极度怀疑那些仅仅因为法西斯分子和独裁者们正在取得战争的胜利就开始去适应法西斯主义和独裁的人。这种如此善于适应的天性会散发出一种气味。我必须捏住自己的鼻子。"

自由不是可有可无的；追根朔源，它也不是纯政治的。置身于将自由看作人天生的权利、将自由意志视为人类氧气的古老西方传统中，怀特追索了自由的本能源头：

> ［自由的］开端是对自己神秘的内心生活挥之不去的朦胧觉察（我猜测每一个孩子都会有这样的时候），对人身上的上帝的觉察，对自然通过"我"现身的觉察。这种难以捉摸的感觉既感人又难忘。它在人生最初的阶段就会出现。一个小男孩，比如说，在一个夏夜坐在门口的

台阶上，什么特别的事情都没有想，突然听见——伴随着一种全新的感知，也仿佛是初次听到这种声音一样——起伏的蟋蟀鸣声，一种和昆虫、青草和夜色这些自然伴侣融为一体的全新感觉让他不能自己，然后他察觉到了对那个让所有人都困惑的问题"'我'是什么?"的一声模糊的回答。或者是一个小女孩，从自己的宠物小鸟的墓畔回来，把手肘撑在窗台上，呼吸着死亡陌生的气息，突然明白了自己是完整故事的一部分。再或者是一个年纪稍大的少年，他第一次遇到了一位伟大的老师，这位老师的无心之语或者情绪在少年心中唤醒了什么，于是这位少年开始作为一个独立的人而呼吸，开始意识到自己生命里蕴含的力量。我想，在很多人身上这种感觉开始是作为一种与上帝融为一体的自我认知发展的——一种因为过敏和察觉到与庸俗的动物生存截然不同的神圣存在而引发的精神爆发。这就是和自由恋爱的开端。

就像他经常可以做到的那样，他非常从容流畅地转换了话题，怀特从个人的感受转向了普遍的思考：

美国——今天几乎是唯一的国家——还在

给人自由的宽松、权利和工具。在这片土地上，公民们还在被鼓励去写作戏剧和书籍，去创作绘画，去聚集讨论，去反对或者赞同，去公共广场里站到肥皂箱子上，去享受所有科目的教育，去组成法庭互相裁判，去谱写音乐，去交换观念和物品，去拿政府开涮（当政府需要有人拿它开涮时），去阅读关于真实事件的真实新闻报道而不是编造的虚假新闻。……自由生活，从星球的角度说，就是感觉到你是地球的一分子。自由生活，从社会角度说，就是在民主体制之下觉得很舒适。

怀特的写作完全没有任何套话和陈词滥调，不过这正是我们期待《风格的要素》① 的合著者应该能做到的。唱高调让他觉得无聊，而他喜欢不受人打扰。同样是《纽约客》主力撰稿人的布雷南·吉尔在《巴黎评论》里曾一度写道："安迪·怀特个子小又精瘦，长了个大到出人意料的鼻子，戴着眼镜，还给人一种马上就要转身走开的感觉，不是说他要去做什么重要的事情，而是借此来保持随时可以转身就走的自由，不用经历漫长的道别这种麻烦。"

---

① 《风格的要素》最初是由康奈尔大学英语系教授小威廉·斯特伦克（William Strunk Jr.，1869—1946）编写，并于 1920 年出版，怀特在 1959 年扩充并修订了这本书，此后它成为英语世界最有影响的写作教材之一。

怀特的爱国主义是清醒的；他也没有任何民族主义情绪。举一个例子：在珍珠港事件之后，他热情赞扬了美国的价值，指出"美国和轴心国相比有个巨大的劣势。在这个国家里我们习惯了任何体育比赛都必须遵守一套规则这种古怪的观点。我们认为足球比赛在吹哨之前都不能开球。我们相信拳击手在从自己的角落里出来之前不能被狠揍。……于是当然可以理解为什么当日本不加警告就偷袭我们时美国会狂怒，把脸都憋得紫红了"。

然而怀特同时也相信，而且在 1941 年 12 月的第一周里就开始论证说未来是属于超国家主义者的——他们认识到国家之间的敌对是长久且致命的，它也必须让位给一个更全面的全球治理体系。

"美国人对美国的热爱将会对赢得这场战争有重要的意义，"怀特写道，"可这是件奇怪的事：我们现在所依赖的爱国主义正是最后必须要部分放弃的东西，如果这个世界想要寻找到持久的和平，想要终结这些屠杀的话。"在年末的最后几个星期里看着他窗外飘舞的雪花，怀特继续说："你已经可以看到战后大牌局的开端了，这场牌局为的是贸易，是空中航线和机场，是狭隘的占有，是其他所有一切。"他在 1944 年秋天给哈罗德·罗斯的信里是这么说的："我憎恶见到几百万孩子被炸得开膛破肚，就因为所有这些东西都被视作了国家的专利。科学是世人共有的，音乐是世人共有的，性是世人共有的，吃的是世人共有的，那么上帝在上，政府最好也是。"

一连多年，怀特都会试图证明这一点，可惜并不成功，最直接的一次是在1946年一本题为《野生的旗帜》的书里。不论怀特（他自己也承认）作为一位技术专家治国的新耶路撒冷的设计者有多少不足，他一直是一位民主对头的敏锐批评者。在一篇关于法西斯主义的文章里，他把这一现象定义为"一个建立在嗜血之上的国家，依靠偷袭和战争实现政治扩张，杀害或者关押非信者，国家凌驾在个人之上，对唯一领袖的服从，对议会制度的蔑视，再加上点给年轻人的花样繁多的体操活动和普遍的狂喜……法西斯主义公开反对的是广义的人，喜欢的是个体的人"。

在二战之后，他担心美国——这个做出了如此多牺牲才能击败轴心国的国家——的法西斯主义倾向。1947年他直言反对了《纽约先驱论坛报》支持将那些不宣誓效忠美国的人列入黑名单的社论。在怀特写给该报主编的一封信里，他说清除共产主义者的运动就意味着员工必须要"坦白他们的信仰以保住自己的工作。这种观点和我们的宪法理论并不相容，而且自这个共和国建国开始，就有警觉的人在不懈反对它了。……我坚信让任何委员会或者任何雇主查看我的良心都是不合适的。他们不会知道要怎么去那里，他们不会知道等他们到了那里要做什么，我也怎么都不会让它们进去的。就像其他美国人一样，我的言行是可以公开供检查的——但不是我的思想或者我的政治倾向。"

他的写作也触及了二十世纪美国核心的国内社会运动：反对吉姆·克劳法①的漫长斗争，这是一套从美国内战后重建努力的失败里生长出来的种族隔离体系。"南方，"怀特 1956 年在《纽约客》写道，"是一个永远在嘶嘶作响的土地。在每一个地方，对于有心的访客来说，字母 S 都潜藏其中：海和沙的声音，在呜呜响的贝壳里，在烈日和晴空的炙烤里，在夜晚的闷热里，在午睡里，在鸟和昆虫的躁动里。"不过，怀特又补充道："和它轻柔的乐声相反，南方也是坚硬、残酷并多刺的。"

他这篇文章记述的是前往吉姆·克劳法之下的佛罗里达的一次游历，他说自己是"来自北方的沙滩寻宝人，这就是我现在的身份"。当时已经是美国最高法院废除学校内的种族隔离两年之后了，而就在这之前不久，一群

---

① 指美国的种族隔离法案，吉姆·克劳是十九世纪种植园民歌中黑人角色的名字。

旧南部邦联的议员们刚刚发表了拒不从命的《南方宣言》①，发誓要抵制联邦政府废除这一地区种族隔离制度的努力。在佛罗里达写作的怀特描述了和自己的厨师——一位芬兰女性——的一次对话，对话的内容是关于"在美国南方乘大巴旅行的神秘之处"。"当你上车的时候，"怀特告诉她，"我觉得你最好坐在前面那几排座位里——后排的座位是留给有色人种的。"

这位厨师，她也是白人，看穿了一切："一种极其不耐烦的表情浮现在她脸上，就像我们用了太多盘子时她脸上会有的一样。她回答说：'哦，我知道——这是不是傻！'"

接下来的是怀特的一段简短思考，这段话在很大程度上阐述了 W. E. B. 杜波依斯所说的"肤色界线问题"：

> 她的话，大老远从芬兰而来重重地落在这个沙洲上，让我钦佩不已。最高法院没有说任何关于愚蠢的事，但是我怀疑和我们猜测的相比，愚蠢可能扮演了一个更重要的角色。有可能，与被人认为是不公正的相比，被人认为是

---

① 指 1956 年由美国众议院规则委员会主席霍华德·史密斯牵头撰写的《宪法原则宣言》，旨在反对最高法院判定黑人和白人分开受教育违宪的判例，一共有 82 位众议员和 19 位参议员签署了这份宣言。

愚蠢更容易惹人生气。我注意到了在最近南方议员们的宣言里，他们支持"分隔但平等"原则的一个论点就是这一原则是建立在"常识"之上的。上一代人共有的常识对下一代人来说就不是了。也许第一艘奴隶船，甲板上躺满了戴着镣铐的黑人，看起来也是符合常识的，对运营它的船东和照顾它生意的种植园主来说。但这样一艘船是不在今天的常识领域之内的。

冷战的压力给了怀特大量思考民主的机会，而他也把握住了其中的很多。当大学在辩论忠诚和"美国理想"的时候，怀特写道："在健康民主国家里的健康大学就是微缩的自由社会。民主生活麻烦的特质就在于它不是牢固得让人安心的；它总是悬于一线，永远没办法筑牢和加固，永远在被挑战，永远在被保卫着。"

关键的问题——当怀特主动为民主事业提笔时也在为此担忧——是在面对这些必然的挑战时民主防卫机制的性质和前景。怀特预见了我们这个时代的反民主势力：政治部落主义（"我们怀疑这个国家的历史上从来没有过现在这样的时刻，有如此多的人想要抹黑如此多别的人。"他如此写道——在 1952 年）；媒体的过饱和（"这个国家本来就在看新闻看到醉的边缘了；民主国家是不能仅仅靠消息灵通就万世长存的，它同时也必须要会沉思，还得是睿智的。"他如此写道——在1954年）；一个自由且热衷辩论的媒体的必要性（"数目越多越安全：报纸会揭露彼此的愚蠢和小毛病，纠正彼此的错误，以及抵消彼此的偏见。"他如此写道——在1976年）。他也强烈认同媒体所有权多样化的益处，指出在对信息来源的控制方面，寡头化和垄断化倾向对民主是有害的，因此也是对自由的威胁。

怀特也一直很注重思想本身，他把思想和它的两个亲戚——想象力还有良知，视作一切美好的源泉。在关于宗教信仰在二十世纪的公共场所要扮演什么角色的辩论中，他睿智地设计了一条针对那些要强制他人接受自己信仰的人的测试。"民主社会，如果我对它有任何一点理解，是一个不信教的人会觉得不受干扰也很安心的社会。……我相信我们的政治领袖应该有信仰地生活，也应该通过行为或者有的时候通过祈祷，展示他们的信仰，但我不认为他们应该推广信仰，哪怕是因为这样的推广会让有几个人不舒服。民主社会关心的就是没有任何诚实的人会觉得不舒服，我不管他是谁，或者他有多疯癫。"

说到底，怀特眼中的民主关乎的是慷慨的精神和一种从自身利益出发的誓约——保证我们自己的自由和公平的最好办法就是保证别人也享有它们。于是，任何试图颠覆体制或者挤压他人权利的人就会马上被证明是一个伪君子，他的权力欲威胁要劫持这样的行为方式，那就是直到哨子吹响为止没有人可以踢球，也没有人可以告诉你要想什么或者要崇拜谁或者要做什么。在给我们留下这样的我们过去是如何生活以及我们将来应该如何继续生活的理解之后，怀特就像是一位用日常聊天语气写作的托马斯·杰弗逊，一位二十世纪的本杰明·富兰克林，和一位语言浅显易懂的詹姆斯·麦迪逊。

最后一件事。1942年初，怀特被召唤到华盛顿开了好几天的会讨论一个战时项目：制作一本由数位美国最好的作家（其中包括马克斯·勒纳和雷茵霍尔德·尼布尔①）执笔的小册子来阐释罗斯福总统的"四个自由"。一年之前，在1941年1月的国情咨文里，罗斯福首次提出了他所预见的抵抗独裁统治进军的联合阵线。"我想每一个务实的人都知道民主的生活方式此时正在世界的每一个地方遭到直接攻击——无论是武力攻击，还是有毒的宣传，秘密散布这些宣传的人想要毁灭目前依旧处于

---

① 马克斯·勒纳（Max Lerner, 1902—1992），美国教育家和专栏作家，广有影响的自由派政治和经济观念的代言人。雷茵霍尔德·尼布尔（Reinhold Niebur, 1892—1971），美国新教神学家，他的思想对20世纪美国新教理论和政治思想有重要影响。

和平的国家间的团结，挑起不合。"罗斯福是如此告诉国会的。在提出了重整军备和援助盟军的务实计划之后，罗斯福把视线投向了远处。"在未来，那些我们在努力让其更为安定的未来，我们可以期待一个建立在四种必要的人类自由之上的世界。"他说。他列出了言论自由、良心的自由、免受饥寒的自由和免于恐惧的自由。"这不是一个遥远天国的幻境，"他补充道，"它是一个在我们的时代，在我们这代人的生命中可以实现的世界的必须基础。这样的世界正是那些独裁者试图通过炸弹的巨响建立的所谓暴政新秩序的反面。"

此时，在珍珠港事件之后战争马上就要降临的美国，诗人兼国会图书馆馆长阿奇博尔德·麦克利什①想要怀特负责一本面对大众的关于四个自由的出版物。他的任务是阐发罗斯福的宽泛的主题，而这个任务让怀特感到很棘手。在写给凯瑟琳的信件里，他很诚实地袒露了自己的紧张。在多次对话之后，包括在麦克利什位于乔治城的家中一次惬意的意大利面配红酒的午餐会之后，怀特有了他所谓的"成千上万没有整理的笔记——那种你在黑黢黢的剧院里潦草地写在节目单背后的东西——以及

---

① 阿奇博尔德·麦克利什（Archibald MacLeish，1892—1982），美国诗人、剧作家和政治家，他的诗作三度获得普利策奖，也曾担任过助理国务卿等职务。

将这些东西整理成一份适合总统、最高法院和丘吉尔先生的文稿的重任……它还要能向许多年轻人解释为什么他们肚子上要被人捅一刀了"。在关于这一项目的讨论中含混不清的地方实在是太多了，怀特甚至想到了——不过他并没有提出这一点——一个明显的办法。"在讨论中我有两三次都非常想问，如果这份小册子将会是对总统方案的拓展和阐释，那么我们为什么不直接去问问他到底是什么意思就行了。"他们从来没问过，而我们也没机会再问了。但是这本文集或许给了我们仅次于此的最好的东西：我们可以问问 E. B. 怀特关于自由和民主的问题，而他将会回答。

乔恩·米查姆

论希望

高空谜题

　　我们是个挺平衡的国家。当我们的空中形象大使①在热带美洲温暖听话的小国家进行亲善活动的同时，陆军航空兵团的战斗机生产也一切进展顺利。有五架歼击机正在装配中，它们叫超级鹰。这些歼击机上装了如此多的空气罐，它们甚至可以在离地面七英里高的地方作战。在那样的高度，我们突然想到，整场战斗都可能会被人当作亲善表演战，除非观战的人是异乎寻常地消息灵通。

---

① 指查尔斯·林德伯格（Charles Lindbergh, 1902—1974），美国飞行员和社会活动家，他 1927 年完成了史上首次单人不着陆横跨大西洋的飞行，成为当时世界上最著名的飞行员。他的长子小查尔斯·林德伯格在 1932 年被绑架杀害一案是美国历史上最著名的案件之一。林德伯格因为二战前反对美国参战而被人怀疑有支持纳粹的倾向，被美国总统罗斯福公开批评。

提出异见的最高法院大法官

我们不同意古德战争部长①的说法，他告诉西点军校的毕业生说从军"是所有职业中最光荣的"。它曾经是，但现在再也不是了。在今天比军人更高贵的职业就是提出异见的最高法院大法官。比当准将更荣耀的是当提出异见的大法官——更荣耀是因为它更重要。古德战争部长表扬他的两百九十九位新出炉的少尉，说他们有勇敢、敢于牺牲和忠于理想这些高贵品质。但就在不久之前，赫尔姆斯大法官②对最高法院拒绝罗西卡·施维默③入籍的判决提出了异见，并表扬了美国人民的另一种高贵品

① 詹姆斯·威廉·古德（James William Good，1866—1929），美国政治家，于 1929 年 3 月至他 1929 年 11 月去世为止担任胡佛政府的战争部长，该职位后改称国防部长。
② 小奥利弗·温德尔·赫尔姆斯（Oliver Wendell Holmes, Jr.，1841—1935），美国法学家和最高法院法官，绰号"伟大的异见者"，他坚持保护言论自由，认定只有在"明确和马上出现的危险"之前才能限制言论自由。
③ 罗西卡·施维默（Rosika Schwimmer，1877—1948），出生于匈牙利的非战主义者和女权运动家，她担任过匈牙利第一共和国驻瑞士大使，也是世界上第一位女性大使。在匈牙利第一共和国被政变推翻后赴美国寻求政治庇护，却因为她坚持非战主义被拒绝了入籍申请，余生成为无国籍人士。

质。所有的西点军校毕业生都应该读读他的话，这些字比突刺的剑还要闪亮："……如果宪法里有哪条原则比其他原则更加让人无法抗拒地认同，那就是思想自由的原则——不光是那些同意我们的人的思想自由，还有给那些我们憎恨的思想以自由。"

一位合众国公民的外交政策声明

（欲知姓名请来信）

我没有什么

关于日本的计划。

我不想遏制

苏联的狂奔。

我愿意送给法国

我最后一条裤子。

德国，在我看来，

可以认为我已经把另一边脸转过来了。

我唯一的领土野心

是去钓鱼。

我感觉不到

狂热。

我觉得外交部长

没用又邪恶。

几乎任何一个外交官

都可以戴上这顶官帽。

我不愿意我的家庭惨遭毁灭，

就因为别人搞的什么事情。

我的生活不会冒犯

其他任何国家的边疆。

而且，再次强调，我没有什么

关于日本的计划。

致随员、日本国会议员、特使、代表、

记者、海军中将、军法长、鸣放

二十一响礼炮的炮兵、代办、部长、起草

建筑工程计划的人、立法委员、准下士——

你们好！　请全体知悉：

我的生活不会冒犯

其他任何国家的边疆。

如果你们热切、无法停息的大脑

在谋划马上要得到什么好处，

请注意我会非常失望。如果在一片乱战中

我惨遭不幸，

而且虽然外交使团、陆军还有海军可能都想钉死我，

世上还有一亿个像我一样的人。

打倒蛋糕

虔诚的《先驱论坛报》[1]，我看到，它火冒三丈

因为游行的队伍让人进不到店里，

因为激进分子在五一节的社会抗议

让奥尔特曼百货[2]很难办，他们是要给女士们服

务的。

当群众在人行道上表达群众的情绪时，

守法公民们要怎么才能走到布匹和缝纫用品前呢！

如果这些人必须表达他们狡猾反动的倾向，

嗨，《论坛报》这么说，那就让他们去联合广场游

行吧，

或者去第一大道，在卖便宜货的集市里，

但不要在贝斯特百货门口，你知道的，那里好人们

---

① 即《纽约先驱论坛报》，1924 年至 1966 年间出版发行的日报，曾
  被认为是"作家的报纸"，获得过 12 项普利策奖。
② 这里提到的奥尔特曼百货、贝斯特百货和富兰克林·西蒙百货都
  是当时纽约的高端百货商店。

要停车。

我们要怎么把钞票花在绢纱和雪纺上，

当为斯科茨伯勒①不平的人堵住了富兰克林·西蒙百

货门口！

我们经济复苏的机会，《论坛报》解释，全完了，

如果那些人挤开了我们潜在的顾客；

社会革命也是个相当麻烦的小细节，

没有它零售业卖货的人也有够多麻烦了。

---

① 斯科茨伯勒男孩案是美国历史上的著名错案，主角是一群非洲裔美国人，他们是种族主义误判的受害者。

受控制的舆论

　　有人花了很多时间，即便身在酷暑中，也在担忧这个国家要如何应对转型成富足经济体的挑战。我们在读一本小册子，这本书介绍了如何渐进地从为了牟利的私营企业变成享受工作乐趣的国营企业。这个首先发表在《常识》杂志[1]里的计划提议成立一个"合作联盟"，任何人都可以加入其中，它可以和私营经济同步运行，直到最后人人都加入了合作社，私营经济也慢慢凋零为止。"需要对舆论机构施加足够的控制以保证不会有人在危急关头煽动反对的言论。"这本小册子是如此说的，一副乐呵呵的样子。对此我们怒发冲冠！（在我们怒发冲冠时听听我们是怎么说的。）我们不介意转换到另一种经济模式，就像换上另一件衬衣一样，但我们不能接受——哪怕是一瞬间也不行——受控制的舆论。如果它是受到控

---

[1] 《常识》杂志是 1932—1946 年间出版的政治月刊，在 1930 年代是美国重要的激进政治讨论平台。

制的，它就不是舆论。小子，拿着你的这又一个联盟滚吧！

虽然我们热切期望有人能做点事情改变政府，减少财富的不平等以及改正不公的地方，但我们还是不相信放弃私营企业。有如此多的事业实质上都是私人的。诗人的事业是如此私人的事情，它甚至几乎就是个秘密。盗贼们深陷的也是私人事业。发明家们，我们也确定，是从自己私下的臆测和实验中找到灵感的，他们总是怀着无法对人言说的念头四处走动。合作和热心为公的精神，我们毫不怀疑，是在我们的经济结构中越来越必要的；但我们很怀疑它们在我们的天性里到底有多少，也怀疑我们能不能写出伟大的音乐，如果我们身处中央计划委员会的指挥之下，它的职责就是调谐我们不同的泛音中央计划委员会的指挥下。我们很好奇爱——这是件私人事业——在俄国前景如何，在那里它最近成为人人必须拥有的品质，如果没有就要受到惩罚。

广播自由（和享受安静的权利）

赛尔·M. 拉姆斯德尔——他是费尔科广播电视集团①的副主席——给我们发来了八个问题，要求我们给予它们"最深刻的思考"。因为我们是还健在的最擅长回答问题的人，所以我们就赶紧回复了，还非常详细。问：对于广播自由这个问题需要给予怎样的思考？答：全部的。问：广播公司，作为被授予某一波段垄断使用权的私营营利机构，是否能全权决定要播送什么以及在广播中可以说什么？答：是。问：要用什么标准来处理有争议的事件中所谓的广播中立性问题②，以及在决定此类问题时谁又将是主导因素呢？答：和在家里、参议院里和媒体中管控所谓中立性问题的同样标准。广播公司的老板将会是主导因素，祝他好运！

---

① 以电池起家的美国公司，在 1930 年代开始出售收音机并迅速统领收音机市场长达二十余年，现在该品牌归飞利浦所有。
② 即要求广播公司在播放涉及公众利益的重要问题时保持中立，反映各方观点。

（顺便说一句，我们认为佩利①先生对付共和党全国委员对付得很好。）问：政府和这一伟大的通讯渠道——广播——的关系将会是怎样，它是在哪个阶段和广播有关系？答：政府将会有一个属于它自己的小广播站。问：用什么原则来向机构颁发或者撤销许可呢？答：免费的（通常也是滚烫的）波段的原则。问：政府在给劳工、教育、老兵还有其他非营利机构颁发广播许可证时应该采取怎样的态度？答：像彩绘玻璃人物一样。问：是否应该允许广播公司制定自己的广播时段收费规则，虽然它们的波段是政府准许他们垄断的，而且它们也没有为此付钱？答：是。问：提供广播的私人营利机构的编辑的决定将会是决定美国人民被准许在广播中听到什么的关键因素吗？答：是。现在我们自己要提一个问题并且回答它。问：每一位美国公民最伟大的，也最不为人理解的特权是什么？答：关掉收音机。

---

① 威廉·塞缪尔·佩利（William Samuel Paley，1901—1990），美国企业家，在他的领导下哥伦比亚广播公司（CBS）从一个小广播网络成为美国最大的媒体企业之一。

政治受益人

我们在一个小细节上不赞同欧文·D. 杨[①]关于言论自由和广播的观点。"一个声音只能传出去几百英尺的人的言论自由是一回事,"他告诉罗林斯学院[②]的学生说,"但对一个声音可能传遍全世界的人来说,言论自由就是另一回事了。"我们认为它们是一样的。因为虽然广播有一百万只耳朵（于是就意味着不甚高明的声音多了一百万倍的机会被听到），它同时也有一百万倍怀疑、分析、偏见和忽视的本事。自由的自由言论的妙处就在于它是自我销毁的,不论是一小撮还是数目巨大,而不自由言论的威胁就在于它是自我增殖的,就像满满一地窖的老鼠一样。

在长时间的混乱之后,我们的政治观念也许很快会

[①] 欧文·D. 杨 (Owen D. Young, 1874—1962),美国实业家和外交官,他领头设计了德国对美国的一战赔款项目,成立了美国广播集团,并一直担任该集团主席到 1929 年。

[②] 位于美国佛罗里达州的文理学院,是该州历史最悠久的高等教育机构。

得到点亟需的澄清。我们不拿革命当回事，我们表扬过也责备过联邦政府的善意，讥讽过职业的热爱自由的人，但慢慢地我们破碎的大脑会开始注意到真正重要的只有一件事——保存一点民主细胞的萌芽好让生活（不论多困难，不论多笨拙或者不公）保有自由的精神。如果民主想要活命，它最好搞快点，赶在"给我钱"的经济法则毁掉它之前。言论自由还是我们的，也还是你的。我们碰巧不同意科格林神父和汤森博士①发表的言论，但我们很满意有这么一个国家可以保证他们有权向上百万听众说那些话，同时也保证我们有权向几千位读者表达我们的不满。我们不能生活在一个政治受益人之国——那里将只会有一个词，而那个词也不会是上帝。

---

① 查尔斯·爱德华·科格林（Charles Edward Coughlin，1891—1979），出生在加拿大的美国天主教牧师，他在 1930 年代使用广播传教和讨论社会问题，一度影响巨大，在 1930 年代后期还在广播中支持了轴心国的某些政策。弗朗西斯·汤森（Francis Townsend，1867—1960），美国医生，他在大萧条期间提出的养老金计划影响了罗斯福新政的社会福利体系。

现在……司法系统

　　总统先生在他的庆功宴演讲里说反对他的谩骂又再次爆发了，就像新政刚开始的时候一样，"而且大多是来自同样的反对分子"。这就是胡说八道了。反对他掌握司法系统计划①的人不关心自己的财产、自己的利润，还有自己的林肯豪车，但他们关心自己免于权威的自由——这也是这个国家最初大业的动力，有可能也是它最后大业的动力。我们自己四年前赞颂过罗斯福先生的政策，但当一位领袖觉得自己知道所有答案，于是提议要控制一切的时候，我们就拒绝追随他，不论他有多高尚。罗斯福先生没有个人野心，可他已经变成了一位每天为国做一件好事的热情已经失控了的雄鹰童军②。他的"现

---

① 罗斯福提议"任意联邦法庭的法官或者大法官年满七十而且不愿意领退休金退休时，将由时任总统任命一位新成员，这一任命同时也像宪法规定的那样需要获得美国参议院的批准。"——原注
② 美国童子军的最高级别。童子军手册中有许多社区服务要求，满足所有要求者才能成为雄鹰童军。此处暗讽罗斯福像一个追求最高荣誉的童子军。

在"演讲就是个证明——这是一位闹脾气的救世主的言论。美国今天不需要被人拯救；它可以等到明天。与此同时，先生，我们要先睡个觉考虑考虑。①

---

① 罗斯福的提案："那个计划有两个主要目的。通过向司法系统稳定持续地输送更新、更年轻的血液，我希望：第一，这可以使所有的联邦司法管理工作更高效，因此也就更低廉；第二，把社会和经济问题交给更年轻的人来裁决，他们对普通人必须在其中工作生活的现代事实和情况有亲身体验和接触。这个计划可以使我们的国家体格免遭司法血管硬化之苦。"——原注

我对你说，再会

让我开心的是，忙了一天之后，

听到博克·卡特①吓人的小调，

世界灭亡的催眠曲，

　当博克

　张嘴开播。

我喜欢听他用各种不祥的事件

召唤我们：

　军火商人，算计着挣钱，

　挤得要裂开的疯人院，

　感觉不到疼痛的癌症，

　西班牙北部的反抗军，

　还有下雨暴涨的河流。

---

① 博克·卡特（Boake Carter，1903—1944），美国广播播音员，是 1930 年代最著名的广播新闻评论员之一，他的节目是由费尔科广播赞助的，他也因擅长在节目中插入费尔科广告而闻名。

因为博克

已经张嘴开播，

那这就不是什么玩笑。

这个疲倦的世界正在慢慢地在

费尔科的自动调频中晕厥。

我闭上眼，于是有人指挥着绝望的军团

在我头脑中行军。

我听到他们重重的、无情的脚步声，

还因为博克解读的新闻

吓得浑身战栗，

因为他是灾难

大师。

我喜欢听博克那低沉、刺耳的嘎嘎声，

就是他真正摆出博克的样子时；

那邪恶的卡特式的结论：

一艘战列舰被炸成碎片，

一座城市吓得不知所措，

一个疯王杀了他最爱的侄女，

工人罢工，工厂关门，所有工作都停了。

上百万人在锁链下躁动，

对不对，博克？

啊，一天结束时转动旋钮，

来听听那灭亡的序曲吧，

让费尔科的世界难过：

市场崩溃——一出法西斯的恐慌，

十二个天主教牧师祈祷时被炸死，

一百个政府的人突袭了……

不过我的时间已经

到了，所以我对

你说……再会！

新闻标准

密尔沃基一位报业老板的遗孀在她的遗嘱里捐赠了一百万美金来资助新闻人，让他们在休假时去哈佛学习。她希望这一安排可以提高美国新闻的标准。我们希望如此，但恐怕她的计划有些缺陷。首先，新闻人，作为一个阶层，没有休假的时候。他们要不是被炒了要不就是生病死了。其次，她选错了要送去哈佛的人——记者、社论作者和特稿作者。明显需要去哈佛待上一阵子的是报纸的老板们，而不是报社员工们。踏进任意一家报社的办公室你会发现那里挤满了哈佛毕业的人，他们中的大多数都不需要再去坎布里奇待一个学期，但是需要一块半美金去洗衣房把他们的衬衫赎回来。这些报社员工，基本上，都是高标准的人。如果美国的报纸可以突然之间交到记者、社论作者和特稿作者们的手里，美国的新闻水平一夜之间就会直升上天。阻碍报纸发展的是老板们，而不是像 J. 奥迪斯·斯威夫特、埃莉诺·罗斯福和威斯布鲁克·佩格勒①这样的人。为什么？因为老板们想要挣很多钱，这样他们的遗孀就可以捐出一百万来把人送回哈佛。赫斯特②念过哈佛，但就算给标准③捆上滑轮组他也拉不起来。

---

① J. 奥迪斯·斯威夫特（J. Otis Swift, 1871—1948），自然作家和记者。埃莉诺·罗斯福（Eleanor Roosevelt, 1884—1962），社会活动家，美国第一夫人，她在作为第一夫人十二年间长期给各类杂志撰稿。威斯布鲁克·佩格勒（Westbrook Pegler, 1894—1969），美国记者和专栏作家。

② 威廉·伦道夫·赫斯特（William Randolph Hearst, 1863—1951），美国报业大亨，以报道耸人听闻的新闻和花边新闻起家，他曾就读哈佛大学，但因为行为不端被开除。美国导演奥森·威尔斯以他的人生经历为原型创作了经典电影《公民凯恩》。

③ "标准"的英文为 standard，这个词同时也有仪仗旗帜的意思。

全面道德抵抗

一两个小时之前，消息传来了，法国投降了。强健而无畏民族的行军还在继续，现在，他们的声音更近了，也更容易听见了。

对很多美国人而言，战争（在精神上）开始于很多年之前，从犹太人受苦时就开始了。对上百万其他对历史的主调没有那么敏感的人而言，只有从巴黎陷落于德国人之手的时刻开始，战争才变得真实了。我们看到了今天街上人们的脸，确定战争终于成真了，剩下的最后一步就只是把恐惧转变成决心。

每个人内心深处的不安，认为法国陷落就意味着一切完结的不安，将很快无可避免地转变成同样的人类情绪——也许这将是很多事情的开端。并不是所有的梦想家都死去了，或者被埋葬了，也并不是所有的梦想都是关于征服世界的。如果一种幻想可以纯粹依靠钢铁般的意志成为现实，那么合理的是另一种梦想也应该可以实现。梦想是个双人的游戏。

目前为止，纳粹的胜利计划中最有挑战也最有意思的字眼就是"全面"这个词。消息是全面的，目标也是全面的。它是最需要研究和分类的词，因为它毫无疑问是解开今日局势谜题的钥匙。我们的意见是，有那么一种全面的东西也在等着这个国家，而且我们想说的不是独裁或者生命力。我们的意思是全面抵制我们所面对的威胁以及对其施以全面的道德抵抗。有一件事情开始变得很清楚了：军事防御，纯粹的防御，在今天是不行的。或者说还不够好。这样的防御预设了对军事入侵的程度和性质的全方面了解，而这样的知识最多也只是猜测而已。罗斯福总统提到了能够满足"任何突发事件和任何防御需求"的装备。这是句勇敢的话，但也只是句话而已。这是早就被证明过了的，从军事的角度，做好万全准备，可以应对"任何"突发状况是不可能的，因为突发事件很有可能是个全新的问题，到现在梦都没梦到过。马奇诺防线①还对

_____

① 1930 年代法国在其东北边境耗费巨资构建的一系列防线，（转下页）

任何突发事件都做好了万全准备呢。

不论这个国家的军事和外交政策会是什么，它都必须不光认识到全面欲望和全面行动特殊的新意义，也要认识到新的可能。战争机器已经把"全面"这个词变成了可怖、神秘同时又有挑战的东西。民主现在被要求要把自己的荣誉和诚实装上轮子，用所有它能掌控的电力生产出一个能让所有人自由而且也许还能让很多人满足的世界。我们相信，也需要继续相信，即使这也是人力所能及的。

（接上页）因提议建设这一防线的战争部长安德烈·马奇诺的名字而得名。在二战中，因为德国绕道比利时突袭法国，这一防线完全没有发挥任何作用。

自由

我去纽约城的时候，常常会注意到大家为了追求最新的时尚而重新裁剪自己的衣服。不过我上一次去纽约时却发现大家连自己的观念都重新裁剪过了——给自己的信念收一点腰，把决心的袖子改短点，用一套全新的观念套装来装扮自己，而这身套装照抄的是历史最新一页里的时髦设计。我觉得大家追巴黎的时髦追得有点太久了。

我坦白这让我有点胃不舒服。当我发现任何人调整自己的思想来适应在国外风头正健的新暴政时，我觉得恶心。因为它极端的严苛教义，我不觉得法西斯主义可能接受任何调和或者有任何合理的解释，我也厌恶那些高高在上地觉得我对自由朴实的信仰标志着我还不成熟的人。如果相信人应该自由生活就是孩子气的，那么我乐意迟缓我的发育，让世界上其他的人长大去吧。

我要记录一些我在纽约听到的奇怪言论。有个人告诉我，他觉得也许纳粹的理想是比我们的宪政制度更完备的理想——"因为你注意过新闻短片里的年轻德国士兵有多么漂亮警醒的年轻脸庞吗?"他补充说，"我们美国的年轻人整天都在看电影——他们就是一团糟。"这就是他的总结陈词，他对新欧洲的解读。这样的话让我脸色发白，浑身战栗。如果它代表了我们智力的顶峰，那么暴政的稳步扩张将不会在我们的海岸上遭遇任何像样的抵抗。

另外一个人告诉我说我们的民选政府这个民主概念就是衰朽的，根本不值得费劲——"因为英国真的很糟糕，那里的工业城市也简直就是人类之耻。"这就是他觉得民主制没有希望的唯一理由；他看起来还对自己满意得不得了，就好像他比大多数人都要熟悉腐败的解剖学状态，而且已经发现我们其他人都察觉不到的整体局面中的细微症状一般。

另一个人向我保证拿任何政府当真的人都是好骗的傻瓜。你可以肯定，他说，除了腐败什么都没有，"因为克莱蒙梭在凡尔赛的行为方式"。他说这一场战争也不会有任何不同。就是另一场战争而已。在发表了这通高论之后，他就平静了。

另一个人在发现我的血液里涌起了狂热的迹象时，责备我丧失了自己的独立，丧失了我纯粹批判的视角。他宣布他不会被这些谬论冲昏头脑，而是更情愿继续扮演天真的旁观者这个角色，他说这是任何聪明人的义务。（不过我注意到了，他后来又打电话来修正了自己的发言，就仿佛他在回家的出租车上丢失了自己部分的天真。）

这些话只是似乎比比皆是的那些言论中的几个样本——那些言论满是失败论调和幻灭，有时还有刻意过头的天真。现在人类不光是大量毁灭自己，他们还用巨大的谎言、夸张的假话互相欺骗。我听到的这些言论整体的效果是让人觉得恐惧不安。它们比俯冲轰炸机和地雷阵还有破坏力，因为它们挑战的不仅仅是一个人当时的立场，还有一个人的主要防御体系。这些言论在我看来要不源自从来就没有真正接受自由从而能够理解她的人，要不就是源自背叛了自由的人。在我期望会发现义愤的地方，我看到的却是瘫痪，或者是种无力的服从，就跟一个闷闷不乐地吞下难吃药片的孩子一样。提醒我注意越来越高涨的反犹情绪的不是一个透过羞耻的热泪观察偏执排外现象的人，而是一个带着清晰的知性视线，就像是透过打磨精细的镜片看过去一样的人。

在这样的时代一个人至少应该声明自己的立场，昭告天下他站在哪里。我信仰自由，怀着和一个半多世纪之前见证它在这个大陆上诞生时同样炙热的欢欣，同样的信念，和同样强烈的忘我。我正在飞快地撰写自己的宣言，仿佛我正在为了赶火车飞快地刮脸一样。国外的现状给人一种时间所剩无几的感觉。其实我不相信时间对我来说真的所剩无几了，我为这种说法可能产生的错误印象向读者道歉。我只是想要在我慢下来之前说清楚我爱自由，这是一次长久的恋爱，身处这种状态感觉好极了，我也极度怀疑那些仅仅因为法西斯分子和独裁者们正在取得战争的胜利就开始去适应法西斯主义和独裁的人。这种如此善于适应的天性会散发出一种气味。我必须捏住自己的鼻子。

从我记事开始我就有种在自然世界里相对自由地生活的感觉。我不是说我享受着行动的自由，而是我的整个存在似乎都有自由感。我怀揣着神圣密约的秘密文件四处走动。我本能地就一直清楚一个人和自己那极其重要的约定，那就是成为自己的一切，也与一切成为一体，自给自足地立于世间，好好利用自己和这个星球偶然的关联，顺势而上，和猎犬一样坚韧地追寻自己的天性。我的第一次也是最伟大的恋爱就是爱上了我们叫做自由的这个东西，这位魅力无限的女神，这个又危险又美丽又崇高的存在，它复苏我们，给予我们所有人需要的一切。

这场恋爱的开端是对自己神秘的内心生活挥之不去的朦胧觉察（我猜测每一个孩子都会有这样的时候），对人身上的上帝的觉察，对自然通过"我"现身的觉察。这种难以捉摸的感觉既感人又难忘。它在人生最初的阶段就会出现。一个小男孩，比如说，在一个夏夜坐在门口的台阶上，什么特别的事情都没有想，突然听见——

伴随着一种全新的感知，也仿佛是初次听到这种声音一样——起伏的蟋蟀鸣声，一种和昆虫、青草和夜色这些自然伴侣融为一体的全新感觉让他不能自已，然后他察觉到了对那个让所有人都困惑的问题"'我'是什么?"的一声模糊的回答。或者是一个小女孩，从自己的宠物小鸟的墓畔回来，把手肘撑在窗台上，呼吸着死亡陌生的气息，突然明白了自己是完整故事的一部分。再或者是一个年纪稍大的少年，他第一次遇到了一位伟大的老师，这位老师的无心之语或者情绪在少年心中唤醒了什么，于是这位少年开始作为一个独立的人而呼吸，开始意识到自己生命里蕴含的力量。我想，在很多人身上这种感觉开始是作为一种与上帝融为一体的自我认知发展的——一种因为过敏发作和察觉到与庸俗的动物生存截然不同的神圣存在而引发的精神爆发。这就是和自由恋爱的开端。

但是人的自由状态有两个组成部分：他作为一颗行星上的动物居民所感知的本能自由；他作为人类社会光荣的一员所享受的实际自由。在这两者中，后者是被人理解得更多，被人羡慕得更多，也被人激烈地挑战和讨论得更多的。它是自由实际而明显的那一面。美国——今天几乎是唯一的国家——还在给人自由的宽松、权利和工具。在这片土地上，公民们还在被鼓励去写作戏剧和书籍，去创作绘画，去聚集讨论，去反对或者赞同，去公共广场里站到肥皂箱子上，去享受所有科目的教育，去组成法庭互相裁判，去谱写音乐，去交换观念和物品，去阅读关于真实事件的真实新闻报道而不是编造的虚假新闻。这是一个事实，是一个需要每个人停下来思考一下的事实。

自由生活，从星球的角度说，就是感觉到你是地球的一份子。自由生活，从社会角度说，就是在民主体制之下觉得很舒适。在阿道夫·希特勒身上，虽然他是个自由发展的个体，我们却察觉不到这两种情感。通过读他的书，我发觉他对地球的情感不是共生而是一种不可抑制的将其征服的欲望。他对人的感情不是他和别人共存，而是他们是可以听任一个高级智慧来安排并把他们标准化的——他们的存在意味着的不是实现他们个人的潜能而是将他们的个人潜能融入共同的民族命运中。他对德意志民族命运的强烈沉迷多少有点失色，当你发现，从他的写作里，他是有多看不起所有人。"我学会了，"他写道，"……看穿人民那原始得令人难以置信的意见和观点。"他觉得普通人只是个原始人，只能被人利用和领导。他不停地把人民称作羊群、傻瓜和自大的蠢货——而这些也同样是希特勒向他们许诺了终极战利品的那些人民。

在美国这里，在我们这个坐落在对个人的信仰而不是蔑视的基础之上的社会里，生活的自由原则才有幸存的机会。我相信它一定会而且也可以幸存下来。理解自由是所有让自己的头脑朝那个方向努力的人都可以取得的成就，而热爱自由则是许多美国人生来就有的天性。和自由共处一室，或者在同一个半球里生活，依旧是会让我颤抖的深刻体验。

《我的奋斗》的作者最早发现的真理之一（也是对他最为珍贵的）就是在群情激愤的关头，口头文字而不是书面文字才可以鼓动大群的人做出高贵的或者不那么高贵的举动。和口头文字不同，书面文字是每一个人都要私下审读，用自己的知识标准冷静判断而不是依照站在自己旁边的人的想法判断的东西。"我知道，"希特勒写道，"用口头文字远比用书面文字更能赢得人民……"后面他又不屑地补充道："让我们告诉所有挥笔的骑士和所有玩弄政治的人，尤其是今日的这些人：这个世界上最伟大的改变从来都不是由一支鹅毛笔带来的！不，笔永远都只是用来从理论上推动这些改变而已的。"

幸运的是我没有要去改变世界，有人正在替我这么做，而且还干得飞快。但我知道人的自由精神天性就是坚持不灭的；它会一再出现，也从来没有被彻底磨灭过，不论是用烈焰还是洪水。我写出上面这些话仅仅是（用希特勒先生的话）为了从理论上鼓舞那种自由精神。鉴于我自己就是一位鹅毛笔骑士，我对"赢得人民"没有任何幻想；但这些日子里我尤其为鹅毛笔骄傲，因为它从历史上证明了自己就是给人接种、保持自由的细菌永远在传播的注射器，于是每一个地方在每一个历史时期总有那么些人是自由的携带者，自由的伤寒玛丽①，能够仅仅通过接触和榜样作用就感染其他人。这些人让所有的暴君都感到惧怕，他们通过烧书和摧毁这些人来暴露自己的恐惧。今天的作家在忙于写作时会有额外的满足感，因为他知道自己会是第一个被砍头的人——甚至比玩弄政治的还要靠前。对我自己而言这个状况令我加倍满意，因为如果人世间的状况剥夺了我的自由，我就和死了没两样，于是我会无比乐意不带着脑袋进入法西斯的世界，而不是还长着脑袋进去，因为反正到时脑袋也没用了，而我也不想再顶着这么沉重的一个包袱。

---

① 玛丽·马龙（Mary Mallon，1869—1938），爱尔兰裔美国人，她是伤寒菌的无症状携带者，在多处担任厨师时引起了伤寒爆发，有记录有 51 人直接因为她而感染了伤寒，间接感染者更多。她最后被美国政府关押在一处隔离设施，直到她 1938 年去世为止。

预感

昨天城里块头最大的男孩试图报名加入海军，但海军没要他。他们说他太高了。他有六英尺四英寸半，或者说是日本人身高的两倍。很明显征兵官觉得这会让美国不公平地占有额外优势。

在我写这篇文章的时候，已经是战争的第三天了。那是指，对我们大多数人而言。有位我认识的女士早就看透了一切，她认为我们已经处于战争状态好几年了。她是位积习难改的广播听众，不论她什么时候听到了杂音，她都认为那是德国人在和他们埋伏当地的间谍传递讯息。生活是件刺激的事，战争也是真实的，对她来说，这已经很久了。最近这场对珍珠港的袭击只是一次事件而已。关于这点我怀疑她比我们大多数人都更靠近真相。在杂音里听到讯息比在任何东西里什么讯息都听不到要强：想想看那些过去六年或者八年里都听着国家社会主义①轰隆隆作响却连任何不祥的声音都没有听出来的人！

晚上下了一点小雪，今天早上大地看起来像个剃须之后打了太多粉的男人的脸。有几个小苹果还挂在一棵老苹果树上——它们反射着日光，上演一出挂了霜的装饰奇景。羊到处走来走去，安定不下来，在硬邦邦的土地上找不到什么让它们满足的东西。

生活的重心是多么迅速地转移了，在那个突然又难忘的周日——不幸的十二月七号。我妻子刚才正在给某人灌热水袋，不知怎么的，她竟然把塞子冲进了马桶里，再也找不回来了。这出怪诞的小事故似乎给她带来了不成比例的不安：那是因为她觉得既然现在战争真的开始了，在家里照料病人的时候就没有借口再笨手笨脚的了。突然间，损失一个塞子仿佛是和损失一艘战列舰一样严重的打击了。生活，它在过去两年里都有点像做梦一样，

---

① 即纳粹主义。

突然变得无比清晰了。可以弄丢热水袋塞子的日子已经一去不复返了。

　　美国和轴心国相比有个巨大的劣势。在这个国家里我们习惯了任何体育比赛都必须遵守一套规则这种古怪的观点。我们认为足球比赛在吹哨之前都不能开球。我们相信拳击手在从自己的角落里出来之前不能被狠揍。我们认定猎狐人必须向 M. F. H① 举帽致敬之后才能纵马去追狐狸。在我们这个疯狂的国度网球选手在自己的对手准备好之前是不会发球的。自从麻烦在德国境内开始，很多年以前，我们就紧紧攥着我们的体育精神、我们的荣誉准则、我们的规则手册，完全不能理解其他对待生活的方式。希特勒先生大声地抵赖，他书里明明白白地写着，占据优势的方法就是抢到它，甚至那些小国家一个接一个地被打倒这样的行动本身，这一切都丝毫不能改变我们的行事方式。于是当然可以理解为什么当日本不加警告就偷袭我们时美国会狂怒，把脸都憋得紫红了。

---

① 猎狐犬主人（masters of foxhounds）。——原注

世上还有人，到了今天这个第三天，似乎觉得一位宇宙裁判将会插手判罚。

美国人对美国的热爱将会对赢得这场战争有重要的意义。可世事就是如此奇怪：我们现在所依赖的爱国主义正是最后必须要部分放弃的东西，如果这个世界想要寻找到持久的和平，想要终结这些屠杀的话。

心怀美国就像在手里捧着一封情书一样——它有如此独特的意义。从我动笔写今天的专栏开始，雪又下起来了；我坐在我的房间里看着窗外这做戏一般的熟悉场面再次上演。为了这个画面，为了这个特权，为了雪花飘落的新英格兰这个瞬间，我愿意献出一切。然而我也一直都清楚正是这种忠诚，这种身为一个特别之地一部分的感觉，这种对自己出生地的敬意——我清楚这样的感情在这个世界的战争里出过大力。世上有谁是博大到能爱整个地球的？我们必须为未来的社会找到这样的人。

虽然超国家主义常常看起来遥远或者不现实得令人

失望，天上还是有个让人能鼓起劲来的讯号。我们有了，在最近，至少一大群新的人，对这些人来说这个星球的确是首要的。我指的是科学家们。科学——不论它在赐予它的礼物时看起来是多么的不加以分辨——没有让人不安的站队。它不关心国籍。它全心在意的是一个原子，不是一座岛礁。

在这场战争之后肯定会有一场超国家主义的对决。关于孤立和干涉的艰难辩论（这场辩论于上周日早上在太平洋的一座小岛上突然终结了）其实是国家精神（这几乎是人人都怀有的）和普世精神（这是某些人怀有而非人人都有的）之间的基本冲突的延伸。民族主义对它的信徒有两大致命的诱惑：它预设了本地的自给自足，这是种美妙又令人向往的境地，而且它还暗示了——非常隐晦地——某种个人的优越，就因为这个人属于一个可以定义而且熟悉的地方，而不是一个陌生的、遥远的地方。

在你成为一个超国家主义者之前你首先必须得是一

个自然主义者，也还要能感觉到你脚下的大地会延伸出完整的一圈。要一个人忠诚于他的俱乐部比要他忠诚于他的星球简单多了；规则更简短，而且他和其他的成员人人都得。一个俱乐部，或者说，一个国家可以提供一个最吸引人的东西：它可以提供把他人排除在外的特权。我们中没有多少人是从生理上能够抵御这种奇怪的享受、这种滋养人的特权的。它是所有兄弟会、协会和骑士团的基础。它是大多数麻烦的基础。我们的星球没法开出如此的条件。这颗星球是所有人的。它能给予的只有青草、天空、水还有无法回绝的宁静和结出硕果的梦。

俱乐部、兄弟会还有国家——这些是在通往运转顺畅的世界路上为人珍视的障碍，它们必须要放弃一些权利还有几条肋骨。"兄弟会"与"博爱"① 正相反。第一个（也就是一个组织或者机构）是扎根于排外之上的；第二个（也就是那个抽象的概念）是建筑在完全平等的

① 英文中的 fraternity 同时有这两个意思。

感觉之上的。任何还能回忆起他在大学兄弟会日子的人都会想起那些组织里的积极分子，那些狂热的会员，不论老少，这些人都痴迷于他们这个组织会籍的神秘魔力。这些人通常都无法体会真正的兄弟之情或者至少不清楚它意味着什么。博爱开始于当这类排外模式令人厌恶之时。任何社交的和兄弟会式机构的效果是强化而不是削弱将人们分隔成各个阶级的分界线；国家和民族的效果也是如此，而最终这些分界线必须要被软化，这些权力也必须要人人分享。这是写在墙上必将发生的神谕①。不是我编造出来的。我只是把它从墙上抄了下来。

在严格的内省之后，我发现我对超国家主义的热爱以及我对它的信任是出于本能而非出于理智的。与其说我对各国组织自身的能力有信心，倒不如说我担心如果它们再次做不好时会发生什么。

在过去的一年里，有本书给了我极大的享受，它还

---

① 出自《圣经·旧约·但以理书》的典故，指必将发生之事。

是——以一种精巧的方式——普世精神闪亮的广告以及这一精神合理性的证言。这是一本民间歌谣集，题目是《世界各地摇篮曲》，由多罗西·伯利纳·康明斯①收集整理。这本书包括了来自十六个民族的十六首歌。这些摇篮曲是非常动听的歌谣，编排也很出色，它们还揭示了世界各地的人之间强烈且引人注意的关联。其中最可爱的是一首德国安眠曲："睡吧宝宝睡吧。爸爸牧羊妈妈在摇动着小树。树上落下一个小小的梦。睡吧宝宝睡吧。"我不清楚宣传部长②大人把这首可爱的歌改成了什么样子，但是我怀疑就算他也不能彻底改动或者摧毁让这首歌如此动人的情感。时事越残暴绝望，对世界和平的信念就燃烧得越稳定。有首中国摇篮曲就是如此许诺的："笛子里传来新的歌声。"

我猜有很多人，在这里以及世界各地，骨子里都感

---

① 多罗西·伯利纳·康明斯（Dorothy Berliner Commins, 1888—1991），美国钢琴家和作家。
② 指戈培尔，纳粹宣传部长，希特勒死后继任德国元首，第二天自杀。

觉到了人类接下来要经历某种大规模的重生。这种预感弥漫在空气里——弥漫在哲学家的话语里，在政治家的讲演里，在诗人的歌里，还在经济学家的大幅图表里。人们有种朦胧的感觉，那就是大恶之后应有大善；在苦难之后该是苦难不再；在战争之后，和平。这是种神秘主义的而不是出于逻辑的预感。历史并没有为此提供什么令人叹服的证明；翻阅一页页的历史你更可能找到的是那个令人难受的提醒，那就是在苦难之后的是更多苦难。然而这却是种人人都应该紧紧抓住的感觉。和这种预感、这种直觉一起的还有种感觉，那就是现在人类在地球上的处境极其微妙。科学，无情的科学，使得日本人有能力给予英国和美国的舰队狠狠一击。科学，在篱笆的这一头，也让我们这边有能力反击。一切似乎都处于微妙的平衡中。一翘我们就赢了，一落我们就输了。狡猾且精心重建的野蛮对战自由和理想的旧防御。生活似乎越来越表现为对立的两极。甚至连广播新闻都在暗示一场世界两极的大战：世界上最畅销的美容皂为世界上传播最广的矛盾提供了直播时段，那就是沃尔特·温切尔抓着护肤乳放在他保卫美国自由的钢铁之心上，在这场石油几乎等同血液的战争里，用于消遣的石油制品赞助了十五分钟战时广播节目。

资本主义媒体和广播的机制还有精神在今天既滑稽又美丽。我在关于日本袭击夏威夷的新闻之后听到的第一句话是："圣诞节送'足舒适'给妈妈。"说这句话的是一个我们都很熟悉的声音——就仿佛说话的人长的不是扁桃体而是棉花糖——但这个声音里充满了说到底我们就是为它而战的那种荒谬的特质。它让一个人突然就想起了自己奇怪而美妙的债务，我们都欠化妆品行业和烟草行业还有其他所有每隔一阵就为我们提供一段新闻的行业的情。

不久之前我去了华盛顿，东嗅西闻还翻人的废纸篓子惹人烦；而当我在那里时我有天早上去了一场参议院委员会的听证会，当时拉瓜迪亚先生①正在作证。委员会在调查的是小生意人被防卫法案挤得没了生意这个问题。

① 菲奥雷洛·拉瓜迪亚，1934 年到 1945 年间担任过三任纽约市长。——原注

这怎么都算不上是个大新闻，但还是有几个摄影师到场了，安静地移动到位，在"小花"① 的左右一边各蹲了一个。他们表现得很好，就摄影师而言，可时不时地其中的一个人就会炸出一道闪光。最后一位委员会成员不耐烦地开口了，让他们离场好让听证会安静地继续下去。他们似乎没有听到他的要求。他们就蹲在那里，一动不动。然后市长先生要他们离开去外面等他。那些小伙子们就蹲在那里笑。坐在我旁边的一位新闻记者骄傲地说："他们根本就不会理那些人。"什么都不能做。听证会继续了。这是一出熟悉的戏码——自由媒体，惹人埋怨但又令人崇敬的自由媒体。在他们的马甲之下的心里，这些参议员都在暗自高兴他们不能赶走两个美国摄影师。这才是那场听证会的真正目的——摄影师们不受干扰地蹲在谋划赢得一场战争的人面前，这样才能保证摄影师们不受干扰地蹲下去的权利。

---

① 拉瓜迪亚的绰号，他的名字菲奥雷洛（Fiorello）是意大利语小花的意思，而且他本身身高也只有 1 米 57。

现在很难相信华盛顿曾经是我在战争爆发前一周左右见过的那个样子。有人告诉我说我会发现华盛顿像个疯人院一样,但我记得它是个安静的地方,在那里不论政府机构增生繁殖得有多快,它都不知为何能给人一种稳定安宁的感觉。仿佛没有人会担忧。那个从火车站把我载到酒店的出租车司机说他第二天早上就准备去申请一份给国防工程计时的工作,这份工作一周可以挣50美元,他还相当激动地说做这份工作的劳工甚至有人一周挣了106美元。在一个马上就要挣大钱的人的眼里,甚至一个正在崩溃的世界都不是黑暗的。总统,当他在椭圆办公室里接受采访的时候,几乎没有表现出任何紧张的迹象,还格外努力地回应笑话或者打趣的话。天气柔和舒适;公园里橡树还长着叶子,时不时落下一片,懒洋洋的。穿着硬高跟鞋的年轻女孩们从办公室里穿过温暖怡人的公园"嗒嗒嗒"走回家,松鼠和鸽群在阳光里嬉闹。在马里兰的乡下——我去那里游览了一个周末,那里也有同样朦胧的美、恬然和安全感——有不变的小山,还有山间的峡谷,像母亲的膝头一样友好温暖,谷物秸秆堆在还绿着的牧草上，大谷仓，冬小麦，忍冬、雪松还有冬青。清晨鸟会奏起几乎和极南之地的鸟鸣一样欢快的乐曲，空气里也能嗅到狐狸的臭味。到处可以看到战争的物理痕迹，但没有哪里有它已经成为现实的确定感。

这场战争的整个历史到目前为止就是民主国家的人们无法相信他们自己的眼睛和耳朵的历史。他们不相信莱茵兰①或者不相信对犹太人的迫害或者波兰或者法国或者其他的任何事情。战争的这个阶段已经结束了。现在，至少我们能够看见能够听见了。

---

① 德国西部莱茵河沿岸地区的统称。1919 年的《凡尔赛和约》禁止德国在莱茵兰非军事区驻军，盟军在莱茵兰驻军一直到 1930 年。1936 年德国军队违背和约进入莱茵兰，史称"莱茵兰再军事化"，当时英法均决定不出兵干涉，这大大助长了希特勒在欧洲扩张的野心。

叛国罪的定义
（当国会拖延一个问题时）

　　叛国罪的阐释已经狭隘到不适用于我们的现实了。我们的法院会说一个开饭店的帮助一个德国飞行员逃跑是犯了叛国罪，但是没人会说一个帮助敏感问题逃离我们视线——"直到选举结束之后"——的议员犯了叛国罪。我们会因为第一种叛国行为绞死一个人；我们会因为第二种选举一个人连任。这是一个最紧要的夏天，全世界都会知道可以叛国到什么地步却依然不会被套进绞索。在这个夏天，时间是世界上最宝贵的东西——比橡胶或者金属或者人力都珍贵。结果我们的某些政治领袖却在肆意挥洒时间，仿佛它是碎纸花一样。哪一个才是更大的叛国贼，一个地窖里藏着德国飞行员的人还是一个公文包里埋着国家大事的人？

　　拖延那些会涉及我们所有人身家性命的问题从而帮

助了敌人不光是在叛国，它同时也是对民主政体选民最大的侮辱。当你听到有人宣布如此如此的问题现在是不能提的，因为它是个"政治炸弹"，这件事暗示的就是你已经陷入了一部分人对另一部分人耍的便宜把戏里了。今年夏天碰巧并不是一个我们感觉可以任人侮辱的夏天。这个夏天我们碰巧都有点焦躁——我们再也不会忍受这样的侮辱了。

破罐子①

我们注意到了，稍微有点不安地，美国教师联合会几天前发布了一份警示，声明是不会接受"破罐子"作为它的会员的。只有那些为联合会增光添彩而且在男孩和女孩们心中灌输了对民主理想和原则不动摇忠诚的教师才会被接受。可是，按我们的理解，民主最宝贵的特点之一就是它里面找不到任何一个人可以认真地说，在两个罐子之中，哪一个是破的，哪一个是完整的。这是常识。教师联合会最好还是欢迎所有人，然后让罐子和罐子碰撞吧。

教育是一个如此严肃的问题，我们一说起它就浑身战栗。我们还记得，带着一颗清醒和悔恨的心，是我们的教育系统负责教出了（还有其他的原因）那群公民，他们在过去两年间做出了自己力所能及的一切努力来证

---

① 原文为 crackpot，指一个人古怪愚蠢的俚语，此处怀特用这个词的本意玩了文字游戏，故照字面意义译出。

明正在发生的战争不关我们的事，证明任何发生在国外的事情都对我们的生活没有影响，证明地球不是圆的。这些人——他们有上百万——都是在美国学校里由不破的罐子教出来的。他们都是照美国课程表教育长大的。他们他妈的差点坑死了我们。

他们也准备好了再次坑死我们，只要有一个机会出现——停战之后这个机会马上就会出现。照过去的记录看，似乎我们需要我们能召集的全部破罐子在新世界负责教育工作。我们需要有相信品格比专业知识更宝贵的教育者，有相信远见并不只是透过打磨得很好的镜片就能获得的教育者，还有相信孩子是共和国最有希望的（也是历史上来看最为忽视的）财富的教育者。

民主是什么

前几天我们收到了一封作家战争委员会的来信，要我们提供一份关于"民主含义"的声明。我们多半有义务满足这一要求，而这也肯定是我们乐意之至的事。

委员会肯定知道民主是什么。它是靠右排队。它是"不要挤"里的"不要"。它是老古板①身上的洞，从那个洞里不停地往外漏锯木屑。它是高帽子上凹陷的那块。民主就是一个重复出现的疑心，怀疑超过一半的人在超过一半的时间都是对的。它是在投票间里的私密感，是在图书馆里的头脑交流，是处处可见的活力感。民主是给编辑的一封信。民主是第九局开始时②的分数。它一个还没有被证伪的观点，一首歌词还没有变得糟糕的歌曲。

① 原文为 stuffed shirt，是表示古板、自以为是的人的俗语，这个词字面是"塞了东西的衬衫"的意思，而锯木屑的确曾作为保温材料被塞入衣物内。
② 棒球比赛的最后一局，因此"九局下半"这个说法常用来表示挽回局势的最后机会。

它是热狗上的芥末酱，是限量配给的咖啡里的奶油。民主是在一场战争中间某天上午收到的来自战争委员会的要求，它想知道民主是什么。

法西斯主义的定义

已经很明显，"法西斯分子"这个词会是这次总统大选里最繁忙的词了。那天亨利·华莱士刚在演讲里管某个人叫法西斯分子，第二天共和党的哈里森·斯潘格勒就蹦起来了，他说如果在这个国家里有谁是法西斯分子，你肯定能在新政的宫廷禁卫里找到他们。事情已经激化到了投票给别人的人就是法西斯分子的地步。那些和你一样投票的人，当然，继续是"头脑正常的人"。

我们很遗憾地看到"法西斯分子"这个词被滥用。如果我们还记得事实，一个法西斯政党的成员，或者是法西斯主义信条的信徒，才叫法西斯分子。这些信条是：一个建立在嗜血之上的国家，依靠偷袭和战争实现政治扩张，杀害或者关押非信者，国家凌驾在个人之上，对唯一领袖的服从，对议会制度的蔑视，再加上点给年轻人的花样繁多的体操活动和普遍的狂喜。在我们看来有很多支持新政的民主党人是不认同这样的体制的，很多上进的共和党人也是如此。其他成百万的美国人也是不相信它的。阉割"法西斯分子"这个词把它用在那些唯一的错误就是投错了选票的人身上实在是太糟糕了。这个词应该被留着用在它适合的地方，比如说用它来指我们的三K党成员，他们的信条和行为都和法西斯主义别无二致。

不幸的是（或者也许是幸运的），法西斯主义中的某种特质和民族主义中的某种特质也相当接近。法西斯主义公开反对的是广义的人，喜欢的是个体的人。民族主义，虽然理论上并不遵从如此的信条，但因为它对个体的人的痴迷，它实际上伤害了广义的人。民族主义也会让人想起法西斯主义，尤其是它下定了决心会使用任何随便送上门来的方式来稳固自己的地位的决心——通过条约、政策、平衡、协议、盟约还有"外交"这个词所总结的一切争权夺利。这当然不是说那些坚持美国第一的人就是个法西斯分子了。它只是让他，在我们看来，变成了一个还在穿开裆裤的人。那些最令人信服地以写作来反对民族主义的人是那些离我们的海岸线足够远，看到了一颗行星令人惊叹的潜在之美的年轻士兵们。一旦你见过了它，你将永远不会忘记它。

《野生的旗帜》^① 前言（节选）

......这本书（《野生的旗帜》）里一个反复出现的主题就是世界政府，一种与现在以"联合国"之名运作的国际联盟截然不同的组织。对世界政府持续最久的批评就是虽然它是个值得赞誉的主意，但讨论它是没有用的，甚至是有害的，因为现在没有能够实现它的方法。这一批评也许没错。当然没有人——就连一位社论作者都不行——能够琢磨出来要怎么建立一个世界政府，当世界上最大的两个国家是在看似不可调和的政治体系下运行之时。可是我相信在任何时候都是值得从理论上为统一的世界一辩的。战争的解药是不要战争。而最有可能将战争从国家生活的日常里消除的方法是把国际社会的权力提升到超越国家的层面。而这其实是人类似乎正在朝

---

① 这是怀特在 1946 年出版的讨论世界政府的文集，收录的是他在 1943 年到 1946 年间匿名发表在《纽约客》杂志上的关于世界政府的社论。

着它飘荡而去的终点，浮在暴力和痛苦之上；它也应该是我们的政治家们要指向的目标，但可惜它很少时候会是如此。正在以人类之名进行的大多数政治建构仍然是被严格限制在从国家角度考虑的人类事务中的。当一位起草人在草拟一份宪章的时候，他要做的第一件事就是把他自己国家的主权锁进保险柜里，这样就没人可以对它动手脚了。

民族主义既年轻又强壮，而且已经惹出了很糟糕的麻烦。我们花了很大力气在我们的孩子年幼的时候去教育他们关于国家的礼仪和奥秘，把爱国之情灌注到他们心中而不是他们生来就该享有的普世之情；不过最近国家之间最惹眼的活动就是把彼此炸成齑粉，所以一个擅长观察的孩子自然也许会问他到底是在向一面旗帜还是一床裹尸布宣誓效忠。国家要的是它公民的全部——他们的忠诚，他们的钱，他们的信仰，他们的时间，他们的生命。公平起见当然要问一问国家是否反过来真正在继续服务于那些如此慷慨地献出了他们的情感和鲜血的人的最佳利益。我们，我们美国人，知道美国在人心中意味着什么；我们记得它的原则，我们也缅怀它的历史；但我们总是会忘记在六十个或者七十个不同的地方还有类似它的存在。这是很糟糕的事。这是很血腥的事。有了核武器的增援，它也许还会是要命的事。

不论我们想要还是不想要，我们也许很快就不得不在我们对其宣誓效忠的特定国家和我们生而为其中一部分的广大人类之间做出清楚的选择了。这个选择是暗含在未来世界里的。我们还能明智做出选择的时间不多了。如果做不到，战争的混乱将会替我们做出选择，而从战争中世界将会以统一的形态出现——统一彻底毁灭。

忠诚的解剖结构大多还是无人涉足的。然而它是一门会为长远未来带来令人激动发现的社会科学。如果我们战斗机的作战半径持续扩大，那么我们思想的半径也必须增长，否则我们就剩不下几个人来思考了；我们效忠的对象也必须改变，否则我们最终会发现剩不下什么来给我们效忠了。一个世界政府，如果我们真的能建立一个，会把一个奇怪的重担压在每一个人身上，那就是在心中怀抱整个世界——而且不会在任何意义上剥夺他对自己前院的热爱。一个英国人对德文郡某一条溪流或者肯特郡某一条林荫道的特殊感情将必须和他对雅典的骄傲以及他对泽西市疯狂的爱并驾齐驱。一个荷兰人对荷兰某一条水渠的特殊感情将必须持续朝外延伸直到它把诺里斯大坝①和埃及的台地都包括其中。一位稻田里的中国农夫将会感觉到，在他脚趾之间，不光是他自己田地近在咫尺的潮湿，还有整个生机勃勃世界的无垠潮湿。一个合而为一的世界，通过其组成部分的政治结合成为一体的，将不光会要求它的公民们转变效忠的对象，它也会剥夺他享受怀疑自己不知道的东西以及憎恶自己没有见过的东西这一巨大的个人满足感。这将会是个严苛的，也许是不可忍受的问题。不幸的事实是，世界政府将没有敌人，而这是个不能轻易忽视的缺陷。必须得有一种还没有发现的维生素来为人类的血液提供民族野心和种族仇恨的替代品；不过我们一直在发现新的维生素，这一点我也是清楚的。

　　人类世界里有两样东西可以鼓舞任何思考这些问题

---

① 位于美国田纳西州的大型水力发电和防洪工程，于1936年建成，

的人。比如说，大城市是非常常见的景象。大城市就是人可以与陌生人，与新来的人，与他会随口称为"不良分子"的人和平共存的嘈杂证据。纽约市就是一个小规模的世界政府。在那里，世界真的栖身在一个果壳之中，它的公民们在地铁里和体育场里相见，在广场的长凳上晒太阳。他们会互相推挤，但基本不会推得太重。他们让彼此生厌，但几乎不会到真的惹出麻烦的地步。在那里希腊人和德国人工作祈祷，波兰人和俄国人吃饭跳舞。他们享受随着政府而来的和平，而且那些警察看起来也赏心悦目。任何一个大城市都应该是研究忠诚的解剖结构的实验室里重要的研究样本——而且我们最好也不要拖延，因为大城市已经没有几年之前那么多了。它们中的一些已经消失了。

另一件鼓舞人心的事就是战争正在变得越来越不得战士们的心。我们不必特别为此感到鼓舞；不过知道那些一直在打仗的人对打仗这整件事的评价低得不行也是件令人激动的事。如果战争只是稍微有一点不得人心，我们可能都得放弃它有天会被人冲进下水道扔掉的希望。

然而所有人对战争的看法都落到了新的最低点。轰炸城市让每一个公民都成为了战争的参与者，而这大大扩充了反对战争的人的行列。

至于这些社论，它们有时是怀着怒气写的，也一直都是匆匆写成的。它们对负责实务的政治家来说过于纯粹理论化了，他们面对的是利用手头现有的装备让一切运行下去的令人丧气的工作；而对怀疑的人来说，它们又理智得太美好了，他们知道人类是个多么善变的顾客（隔壁工位上的一位同事刚刚告诉我说世界政府是不现实的，因为"世上有太多东方人了"）。但是理论和美好得过头的理智出现在合适的地方就没问题了；而如果这些应时而作的文章可以在延续久远的关于民族主义的讨论里添上一盎司的分量，而且能够在我们的孩子，还有他们的孩子必须要学会去理解和热爱的那片野生旗帜上打上哪怕是如一道手电光一样的光亮，我就满足了。

不骗你是真的

现在有呼吁说纳粹领袖应该因为他们自从 1933 年以来所犯下的所有罪恶接受"审判和惩罚"。然而冷酷的事实是没有一个还活着的纳粹会因为他犯下的任何事被审判或者接受正义的裁决，因为我们找不到可以裁决他的正义。说起正义就像说起一个只要有需要你就可以随时从帽子里掏出来的东西，这就是在说无用且糟糕的话。如果一个德国军官虐待、屠杀了一个村庄里的无辜居民，我们可以把他抓起来命令行刑队枪决他（我们相信他会有如此下场），但是他没法接受正义的裁决。唯一能够审判并惩罚一个在国际层面上犯下了反社会罪行的人的方法就是在同一个层面上采取行动，创立国际法庭，制定国际法律，还要支持国际执法。至于人们是否想在这个层面上采取行动，人们是否能够在这个层面上采取行动，以及这样的尝试是否是明智的——这些都是民主国家们还没能回答的问题。我们私心里希望答案会是"是的",但在人们下定决心之前,他们应该保持记录的整洁,不要拿司法管辖权和罪行之类的事开玩笑。你不能既想要无政府主义社会又想要有秩序的好处。

德国人十一年前犯下的所谓罪行之一就是公开焚书——这是举世皆知的蔑视人类思想自由转播的行为。如此的行为是侵略的发端,也是发生在我们刚才讨论的国际层面上的。提问:这个世界需要一条禁止个人公开焚书的法律吗?提问:它需要一条禁止狂热的德国人或者狂热的任何人谋杀无辜村民的法律吗?提问:它需要这么一条适用于所有人的法律吗,这条法律规定"你不能啐到你邻居的眼里"?这些问题你想怎么回答都可以,但是你不能假装这样的正义体系已经立于此处了。通向这样的正义道路是一条漫长艰辛的路,而我们甚至还没有踏出第一步。在敦巴顿橡树园①会议上提出的联盟结构

---

① 美国外交官罗伯特·伍兹·布里斯(Robert Woods Bliss, 1875—1962)的庄园,位于华盛顿的乔治城地区,1944 年中国、苏联、美国和英国在此召开了制定战后世界秩序的"国际和平和安全组织华盛顿对话会",提出成立取代国联的联合国组织。

在我们看来并不能通向这一目标（除了在精神上），因为联盟根本算不上是政府。国家联合起来试图裁判别的国家，而个人则完全被排除在外。我们相信民主国家的联邦才是真正的道路，它和联盟的不同就在于它有可以制定法律的立法机构，有可以裁判的司法机构以及可以行政的行政机构。它不需要通过外交斡旋运转，而且它门上还有个标语写着"不骗你是真的"。

人权法案

这是再好不过的消息了，和谈中会提交一份人权法案。然而如果这样的保障想要起效，那么就必须改动现在提出的世界和平架构。人权要成形并变得有意义的前提是它要与涉及责任和义务的代议制政府相关。到目前为止，和平提案里的理事会和全体大会都没有民众代表，而人民因此对任何事情都不负个人责任，于是也就不会获得任何个人权利了。委员会（如果我们错了请制止我们）是不能创造人权的。

罗斯福夫人明显是不希望有任何人写出类似上面这段话的东西的。在最近的一篇专栏文章里，她表示担心"完美主义者"会破坏参议院批准任何和平机构的机会。"那些不会妥协的人应该受到他们的邻人居高临下地鄙视。"她写道。我们还以为在和谈的初期阶段，公民的作用就是表达自己的意见并且根据自己的见识来指示代表他的人。当参议院本身也在努力对某些事施加影响的时候，我们打算影响参议院并催促它投身国际事务中。同时，我们会继续相信虽然一个人也许不得不对俄国妥协，但他永远不能就真理妥协。我们的邻人可以居高临下地鄙视我们；我们的头顶也没什么好看的。

我们在某种意义上是完美主义者，那就是我们认为这个世界是不完美的，于是它就需要尽可能好的法治政府、秩序和基于个人责任的人权。对我们来说，想要另一个人的邻人因为这个人有自己的意见就居高临下地鄙视他的人才是完美主义者。

劳动权

苏联的集体主义体制和我们自己的个人主义体制是不能靠一个女孩的吻就和解的，但时不时地，我们的国会似乎想要通过给私营企业送上死亡之吻来让这两种体制和解。我们在报纸上看到参议院已经决定了我们应该要"保证"农民的利润，也为此已经通过了惠里修正案①。而最近在最高层又有人说起了"劳动权"或者"有工作权"。这种观点本质上是集体主义的，而任何国家如果以为它可以在保证利润的同时还能挣到这些利润，那它多半是活在梦里。

莫洛托夫政委在给敦巴顿橡树园计划提交议案时，加入了一条"劳动权"的条款，于是也就留下了一道政府控制的暗门。罗斯福总统，我们还记得，曾经在一次

---

① 指内布拉斯加州共和党参议员肯尼斯·惠里对《价格控制法案》提出的修正案。美国在战时实施了严格的物价管控，惠里等人试图放宽对物价的控制，这一法案后被杜鲁门总统否决。

演讲中用过"劳动权"这个词组，而我们当时就觉得这个问题正在变得越发混乱了。在这个国家里，公民们从来就没有享受过劳动的权利，而且直到最近为止他们中相当数量的人都从来没有意识到自己需要这样的东西。相反，他们满足于找工作的权利，满足于有像样工作环境的权利，满足于有为自己的薪水讨价还价的权利，满足于有机会平等的权利，满足于当他们在失业之后偶尔会喝醉被捕时有受到公平审判的权利，满足于有斥责政府的权利，满足于老兵有被重新雇佣的特权。我们相当怀疑这些基本的美国观念和一个涵盖一切的"劳动权"概念是可以调和的。我们也怀疑一旦你试图给予营利体系一定可以获得利润的保证之后，你可能就移除了这整个系统本身。

我们从来没有去过苏联，所以不知道那里是什么样子。但我们猜苏联人心里有许多关于资本主义诱人特质的错误认知，就和我们这里对于诱人的保证、权利还有限制私营经济有同样多的错误认知一样。某一天苏联和美国将会和其他国家一起参与某种共同政府，到那个时候人们可以把自己的意识形态放到同一口锅里翻炒，并且享受两种体制最好的特色。幸运的是，全世界的人想要的差不多都是同样的东西：亲吻，面包，还有能进屋躲雨的机会。他们甚至还想要和平，至少他们中的大多数想。

国际司法系统

在威斯巴登①，前几天，有七个德国人因为屠杀了不少奴隶劳工而受审——大多数是波兰人和俄罗斯人，都是在当时的德国出于适当的理由被处死的。这次审判是由美国官员组织的。根据我们在《纽约时报》里读到的关于它的报道，辩方律师，也是一个美国人，质疑了这次审判的合法性，还引用了《纽约客》来支持他的论点。于是乎本杂志，在某些人心中，就会形同杀人凶手的共犯，或与野兽同床之徒。尽管有这个很难接受的定位，我们还是坚持自己的意见，我们也希望是出于不错的原因。现在我们觉得重要的两个问题是：第一，在一场战争之后被抓获的罪犯应该因为他们的罪行立刻受到惩罚；第二，应该清楚地承认，施行如此惩罚的特殊程序是超出法律之外的，而不是把它扮成普通的司法，欺骗整个

---

① 德国西部黑森州的城市，二战结束后美国占领军在此审判了大量纳粹战犯。

世界。让一个美国法庭吊死一个在战争中杀害了一个俄国人的德国人是完全位于我们所知的任何法律体系之外的，而我们相信把这点说清楚而不是试图去遮掩它是非常重要的。

对一种更广泛的人类司法系统的需求，对一种比现存的生活方式更广泛的体制的需求是非常迫切的，而建设此等系统的第一步就是承认它的缺席。这些所谓的战争审判本可以是非常伟大的，如果它们能被用来澄清而不是遮蔽这个问题；如果它们可以被用来预演某天可能存在的司法系统，而不是作为我们手头现有司法系统的例子，它们将会是极其重要的。我们欢迎有更高层级的法律，根据这样的法律，获胜的美国人可以惩罚杀害了俄国俘虏的战败的德国人。我们希望联合国机构可以追上威斯巴登打马飞奔的律师，他现在遥遥领先了。没有人——甚至胜利者也不行——应该忘记当一个人被吊死在绞刑架上时，除非他帮助订立了吊死他的法律，否则这样的惩罚是算不得正义的。

珍珠港调查

参议员们在朝错误的树狂吠。

战争的原因？它是我的罪。

指责像露水浸透了地球。

战争的原因？它是你的错。

为了证明有人失职睡着了，

参议员们调查得又久又深入，

结果，回头窥破重重迷雾，

个个发现自己都睡得打呼。

给一位代表的指示

打印一份原件和四份副本，埃伯哈特小姐，每个代表一份。一位代表，在前往大会的路上，随身携带着两套指示：他自己良心下的命令（但并没有被读到）还有他的选民们给他的指示。在此我们将他们的指示呈交给参加第一届联合国组织大会的每一位代表：

当你坐下时，作为一个美国人坐下吧，如果这让你更舒服，但等你站起来发言时，要作为一个和世界各地的人一样的人发言。

不要给家里带什么培根；它在回家的路上就馊掉了。而是应该带一根丝线回家，这样你才能找到回去的路。

要牢记外交政策只是戴着礼帽的国内政策。这次会议的目的，虽然并不是如此宣布的，是要用法律代替政策，是要制定常识。

制定常识。

不要想着通过维护我们的利益来代表我们。代表我们的方式应该是认识到我们的利益也是他人的利益，而他们的利益也是我们的。

当你怀念自己出生的地方时，要记得太阳每天都会离开那里去别的地方。当你心怀爱意地想起美国时，想想它的血统是多么不纯，还有为什么美国人从来都没有在狗展里拿过奖。

在你的公文包里带上好人，和当天的指令放在一起。读那些名字很短的人写的书：沃尔特·惠特曼、约翰·多恩、曼尼·康德、亚伯·林肯、汤姆·潘恩、阿尔·爱因斯坦。① 阅读他们的书并流泪。然后再读一次，这次不用流泪了。

如果你想要大声为我们发言，不要为了美国大声发言，要为人民，为自由的人大声发言。我们不是派你去树立美国的伟大地位的。除非你清楚这点也相信这点，

---

① 曼尼·康德即德国哲学家伊曼努尔·康德。亚伯·林肯即美国总统亚伯拉罕·林肯。汤姆·潘恩即英国裔美国思想家、政治理论家托马斯·潘恩。阿尔·爱因斯坦即阿尔伯特·爱因斯坦。此处作者故意使用了这些名字的简写形式。

否则你还不如去赛马场，在那里你只要猜错了就能度过一段愉快时光。

永远不要忘记和平的本质通常是被人说错了的。和平不是靠阻止侵略获得的，因为到那时就太晚了。只有在人们的敌意和对立还是能够被法律的规训和政府的规矩控制住时才能获得和平。

不要试图通过热爱你的邻人来拯救世界；这只会让他紧张。拯救世界是要靠尊重你的邻人的合法权利，同时也要求他尊重你的（基于同样法律的）权利。简短地说，拯救世界。

注意宪章的第四章第十一条第三款要求联合国大会"对于足以危及国际和平与安全之情势，得提请安理会注意"。因此，我们要求你提请安理会注意那个一直持续危及和平的状况：不受任何约束的国家主权。要提醒安理会注意你们自己这个机构的脆弱，它的不堪一击，因为其中的成员不是个人而是国家。

不要被原子弹的噪音迷惑了。原子弹不过是童年豌豆枪的报应而已。但当你在做梦的时候，要梦到重要的问题，梦到大众——能源关系，梦到人——人的关系。科学家们已经做过比你更狂野的梦了，小代表，所以好好做梦吧。

要关心原则，不是结果。我们不要求结果，只要求一个增进土壤肥力的计划。你不是在下一盘大棋，虽然它看似如此；你是在一场希望的狂欢中。

至于你晚上在床上的阅读材料，我们安排的是杰克逊大法官在纽伦堡审判时的开庭致词："认为一个国家——它不过是一个法人团体而已——能犯下罪行的想法就是一出虚构。罪行永远都只能是由个人犯下的。"接下来还有："……那个虚构的存在'国家'，它不能到庭受审，不能认罪，不能作证，也不能被判刑。"我们指示你将这些话与宪章的第二章相对比，那里说明了你们机构的成员是国家。如果，按照杰克逊法官指明的，你们的会员资格纯属虚构，那你的首要任务就是变得更真实，不那么虚构。你们的任务是把人加入这个虚构的馅饼之中。最终你们要用人来代替国家，用法律代替政策，用法律义务代替外交，用联邦代替国际主义，而且你多半也没有你自己以为的那么多时间。

作为护身符，不要为了这个特殊的场合带一面有颜色的旗帜；带一条白手绢好应付常见的感冒。多擤擤你的鼻子，还要听听宇宙的声音。

最后，既然天皇都已经放弃了神性①，我们要求你相信自己，也要去爱真理。建设伟大的共和国吧。这个基础是不可逃避的。这个基础就是团结。它就是你们机构的首字母缩写所暗示的：UNO②。

---

① 1946 年日本天皇裕仁在《关于新日本建设的诏书》中否定了天皇为"现代人世间的神"的地位，这一诏书俗称《人间宣言》。
② 即联合国组织（United Nations Organization）的首字母缩写，同时也是意大利语 1 的意思。

情报系统

看起来苏联一直在窃取加拿大的情报①——这条新闻似乎让所有人都大吃了一惊。我们听到一位评论员说加拿大的间谍故事"就像一本悬疑惊险小说一样刺激"。我们不觉得它有哪里赶得上一本悬疑小说。如果世上有件事再也不应该让任何人感到神秘或者刺激，这件事情就是世上每个国家都肯定必须要刺探其他每个国家的情报。否则一个国家要如何获取关于其他国家的习惯、计划和秘密的情报？间谍活动没有什么神秘的。对我们来说，它也根本不刺激：它只会引发腐烂。

小时候我们会玩一个叫做"我偷看"（I Spy）的游戏。成年后，我们非常清楚我们生活在一个终生都在玩这个游戏的社会里。它会玩这个游戏，因为它一直在玩

---

① 应该指的是"古琴科事件"。1945 年苏联特工伊戈尔·古琴科（Igor Gouzenko，1919—1982）叛变，将苏联在加拿大进行间谍活动的证据交给了加拿大警方，这一事件被认为是冷战的起源。

这个游戏，也因为它没有弄明白其他任何游戏的规则。每一年赌注都会越堆越高，而这个游戏也变得越来越粗野。很快谷仓就会倒下来砸到孩子们身上了。如果美国人和加拿大人因为苏联窃取了核情报而愤怒，他们简直天真得难以置信。如果此时美国没有在刺探五十或者六十个别的国家的情报，在试图查明它们境内发生了什么，那么它就不光是天真，它还可耻地失职了。如果五十或者六十个国家此时没有在美国境内刺探情报，那么这些其他的国家就也可耻地失职了。今天，一个不搞间谍活动的国家就没有给自己的人民公平竞争的机会。

如果人类有任何想要放弃间谍系统转而依靠一种更坦率的系统的念头，我们推荐他们指示他们的联合国代表赶紧为这个计划忙起来。现在我们不是朝着这个方向前进，反而是背向它而行的——强化国家的立场并把全球性的问题交给委员会处理。核能永远不是委员会可以控制的。人权永远不是靠委员会确立的。自由媒体和知情权也永远不是靠委员会就能被全世界接受的。和平是昂贵的，人权和民权也是；它们都有个价码，而我们这些人民还没有主动提出要为它们买单。相反，我们正在试图用廉价的方法给我们的世界挂上这些宝贵的装饰品，在一个拳头里小心地攥着我们的主权，同时又伸出另一只手摆出合作的架势。长此以往，这会被证明是更难也是更暴力的方法。联合国组织，它目前的形式就是一群没有联合的国家的联盟，它们的问题是摆在桌面上的，但它们的间谍是藏在帷幕后的，它是我们用秩序代替混乱、用治理代替无政府状态、用知识代替间谍活动的最后机会。我们最好让它能管用。要记得，情报机关其实是个无知机关；如果我们真的足够聪明，我们不会愿意把自己孩子的性命押在我们国家的间谍身上。

有许多报纸老板（的重要性）

自由媒体这个问题在《午后》更换主编的过程里以一种间接的方式出现了①。辞职的英格索尔先生并没有指责说如果一份报纸接受广告那么它就不可能是独立的，他只是说："这个国家里至少得有一份完全由它的读者所支持的大众报纸。"我们也经常好奇为什么出版一份这样的报纸是如此困难呢。关于广告的一件怪事（而广告有很多怪事）就是公众相当依赖它。我们是在战时发现这一点的，当时我们往海外前线送的是没有广告的版本。小伙子们抱怨说他们被缺斤短两了。我们的猜测是一份没有广告的报纸要想成功就必须在每个方面比被广告包养的媒体都毫无疑问地出色。如果做不到这点（《午后》就没有做到这点），一份没有广告的报纸是没戏的。广告

---

① 拉尔夫·英格索尔的《午后》（1940—1948）是一份倾向于自由派的、没有广告的新闻日报，不过它主要依靠的是芝加哥百万富翁马歇尔·菲尔德三世的资助。——原注

里有一种气质，这和它结账时的样子非常不一样，这种气质让它可以非常奇怪地平衡正文；某种极度华丽的辞藻，某种不真实的感觉，一种人造钻石般的闪亮，一种超脱尘世的感觉，还有一种承诺。广告是读者的梦中生活，而正文是他的清醒时刻。我们怀疑他两样都喜欢。在一篇纯粹思辨的专栏文章之后来半页爽脆的美好；在一篇艰涩的社论之后来一架崭新的直升机，购买容易操作也容易。

　　自由媒体的最佳健康状态是在有许多老板的时候。我们不关心《午后》接受广告还是不接受广告。但我们的确关心《午后》是否会继续出版。在英国，他们正在调查媒体的所有权问题，问题不在于是否真的有"媒体大王"，问题在于他们是不是足够多。《纽约时报》的一位作者不把这个调查当回事，他指出，人民，不论是在英国还是在美国，都不是媒体告诉他们怎么投票就怎么投票的，因此合并和并购并不会带来什么不同。在我们看来，这样说没有抓住重点。绝大多数的选民也许不是一直遵循多数媒体的意见的，可如果有足够多的人拥有足够多的报纸，那么人民至少能够接触到全部的事实和意见，而不是其中的一部分。届时他们决定要怎么做就是基于信息做出的决定，而不是靠猜的。

外交部之间的爱情故事

莫斯科，1 月 23 日：今日，苏共的机关报
《真理报》坚持了自己在 1 月 15 日提出的说法，
即英国外交大臣贝文在他 12 月 22 日的演讲里
宣布放弃了英苏同盟条约。

——《泰晤士报》

斯大林赞美了和英国的关系……严重的分
歧被避免了。

——《泰晤士报》1 月 25 日

"英格兰，你爱我吗?"

俄罗斯如此问她的爱人。

"我当然爱你，亲爱的

让我们来签个条约吧!"

（他们是如此深爱着对方，

可那是好几个月之前了。）

"你不爱我了。"俄罗斯说，

"我看见你瞄了法兰西一眼。"

"这太荒谬了。"英格兰说，

"那就是随便看了一眼。"

"你不爱我了。"俄罗斯说,

    "你把我当垃圾对待;

《真理报》上都登出来了——你是

    一个典型的婊子。"

"啊,假话,假话。"英格兰说,

    "我是最真诚地爱你;

你知道我爱你亲爱的,

条约里就是这么说的。

    我深深地爱着你。

        这让我多么忧郁,

        你如此曲解我的话。"

俄罗斯:

"老天作证,听听贝文说的!

    我是没有耳朵没有眼睛吗?

    他说你没有责任。

明显你不爱我了。"

"我那么爱你。"英格兰说。

    "你不爱我了。"俄说。

"我爱!"

　"你不爱!"

"我爱!"

　"你不爱!"

　"我爱。你太过分了。"

"好吧,你爱我。"斯大林说,

"但是看好那枚戒指,

你这个放荡的玩意儿!"

(国家之间的爱情就是这样进行的,

　就像老人们规定好的那样——

国家之间多事的爱情,

　而年轻人要为此而死。)

集中的媒体所有权

【纽约】

亲爱的温特沃斯先生:

我还是认为美国媒体是可以让人民知情的,不是全部了解也不是没有偏见的,但是能让他们知情。我只是在把它和一个彻底被控制的媒体相比,在这种情况下没人能获得任何信息。

我觉得我们应该担心的并不是商业办公室和编辑办公室的关系这个问题,而是集中的媒体所有权。只要世上还有够多的报纸和够多的报纸老板,我想新闻还是会传开的,即使那些你抱怨的新闻也……

诚挚的,

E. B. 怀特

《纽约先驱论坛报》（"好莱坞十君子"通信）

在 1947 年 11 月 27 日发表的一篇社论中，
尽管是有点不情不愿，《纽约先驱论坛报》还是
支持了电影工业抵制"好莱坞十君子"和任何
其他拒绝出面回答 J. 帕内尔·托马斯①的众议
院非美国活动调查委员会问题的人。下面这封
信，怀特对这一社论的反应，刊登在 12 月 2 日
的《纽约先驱论坛报》上。

纽约州，纽约市

1947 年 11 月 29 日

致《纽约先驱论坛报》：

我是一个单人政党的成员，我也生活在恐惧的时代。

近来扰动我的政党，也激起了我恐惧的东西没有能比得

过你们在感恩节发表的那篇社论的，它提议应该要求雇

---

① J. 帕内尔·托马斯（J. Parnell Thomas，1895—1970），美国共和
党政治家，七度当选新泽西州众议员，最后因贪污入狱。他在
1947—1948 年间被任命为众议员非美国活动调查委员会主席，号
称电影工业中有颠覆分子活动，传唤了有共产党嫌疑的十位编剧
和导演出席委员会的质询，这十人援引《宪法第一修正案》拒绝
出席，后因蔑视国会被判刑并被好莱坞制片厂解雇。

员坦白他们的信仰以保住自己的工作。这种观点和我们的宪法理论并不相容，而且自这个共和国建国开始，就有警觉的人在不懈反对它了。我很难相信《先驱论坛报》在这场斗争里退缩了，我只能揣测这是因为你们的社论作者急着回家过感恩节，结果当他被《宪法第一修正案》绊倒时把它当成了办公室的猫。

托马斯委员会对所谓共产主义嫌疑者的调查是一出让我们所有人都摸不着头脑的把戏。我相信它的意图是广为人所误解的，而它的后果比最夸张的想象还要严重。我们这个国家的政治理论的精髓就在于一个人的良心应该是私人的，而非公共的事，而能被公开调查、谴责和惩罚的只有这个人的言行。这个想法不错，也很管用。它是一个不能安全背弃的理念，因为它很可能被彻底破坏。它是不能被改动的，即使在——出于安全的原因——想要改动它的诱惑奇大无比的时候。

我认为在局势紧张时如果人和机构能够管好自己，那么安全问题也能自己解决好。首先受到威胁的就是媒体。对我来说，安全感大跌时，不是在当我读到好莱坞有危险分子时，而是在我读到你们赞扬忠诚测试和思想控制的社论之时。如果一个人是健康的，那么他不用去量别人的温度也知道自己该做什么。如果一份报纸或者一家电影公司是健康的，那么它只要读读校样或者看看样片就能除掉危险分子间谍了。

我坚信让任何委员会或者任何雇主查看我的良心都是不合适的。他们不会知道要怎么去那里，他们不会知道等他们到了那里要做什么，我也怎么都不会让他们进去的。就像其他美国人一样，我的言行是可以公开供检查的——但不是我的思想或者我的政治倾向。（如我所言，我是一个单人政党的成员。）你们的社论作者说他希望当公司在检查员工的忠诚问题时会节制且明智地使用自己的权力。这纯属一厢情愿。我们只要看看集权主义者是怎么运作的就知道一旦有人获得了控制他人思想的权力，这种权力从来都不会被节制且明智地使用，而是被肆意地、粗暴地使用，会带来无法形容的后果。如果我今天必须坦白我不是一个共产主义者，明天我就得要坦白自己不是一个一位论者①。

---

① 指基督教中拒绝相信圣父圣子圣灵三位一体，相信上帝是单一的派别。

而后天我还得坦白自己从来没有加入过大丽花俱乐部。

在美国信仰任何东西都不是犯罪。到目前为止还没有人宣布加入共产党是犯法。然而已经有十个人不是因为他们的错误行为而是因为错误信仰被定罪了。在这个国家这绝对是新闻，而如果我没有读错历史，这绝对不是什么好新闻。

E. B. 怀特

在怀特 11 月 29 日的信在《先驱论坛报》刊登出来的同一天，在同一版上，又登出了一篇社论，题目是《单人政党》。文章说像怀特先生这样的人"从文明的开端就与我们同在了。他们一直是我们文明里极其重要的一分子，同时也几乎是同样有破坏力的一分子"。单人政党的成员也被形容成"也许是我们混乱复杂社会里最危险的一分子"。

怀特对《单人政党》社论的回复于 12 月 9 日见报，标题是《怀特先生觉得我们过分粗鲁》。

纽约

1947 年 12 月 4 日

致《纽约先驱论坛报》：

你们写的关于我的社论证明了我说的忠诚测试系统是什么意思，也证明了我说的当它在业界开展之后会发生什么。我的信，一封表达不同观点的信，是任何一位认真的读者都会写给自己的报纸的，而你的回复是宣布我"也许是我们混乱复杂社会里最危险的一分子"。于是观念的不同突然就变成了恶名的标志。一个不同意《先驱论坛报》社论的人过去会被说成是胆大的——现在他被人称为是危险的。照你们的定义我已经属于不能雇佣的那类人了。

你们说，在这样的年代我们需要"新的概念和新的原则"来对抗颠覆。可我觉得业界的忠诚测试根本就不是什么新原则。它就像"新形象"一样，其实就是旧而又旧的形象稍微捯饬了一下而已。要人表达政治上的从众才能保住工作的原则就是极端民族主义的原则。它不是什么新鲜事，它是猎巫的亲哥哥。

我不明白为什么我会在怒斥《先驱论坛报》或者《先驱论坛报》为什么要怒斥我。我读那些伯特·安德鲁斯写的文章觉得自己呼吸到了一阵新鲜空气。然后我寄了对一篇社论表示不同意见的文章，结果头上就挨了一棒。现在这个年头太神经质了。人人都清楚关于忠诚这摊破事源于对和苏联开战的恐惧，也源自我们应该把自己甲板上的可疑人物统统清除的自然反应。行吧，不过我碰巧相信，如果我们继续平等地保证每一个公民的人身权利和责任，甚至包括那些持反对意见的公民，我们也能把甲板清得挺干净的。这也许是个危险又错误的观念，但我持有这种观点并不意味着我是一个危险又错误的人，我希望，当《先驱论坛报》下次坐下来写关于我和我的党派的社论时能够善意地分得清这两件事。现在搞清楚这样的区别还是挺重要的。

E. B. 怀特

坚决要在这场辩论里赢到最后，《先驱论坛报》在怀特来信的正下方附了一条用括号括起来的编者按。这条按语开头就说:"或许我们在表达我们与怀特先生的不同时语气过重了,可是鉴于那篇暗示他是'危险分子'的社论同时也说了那是'极其重要'的一分子,他应该没理由再说我们是在往他身上别什么'恶名'的勋章了。"这位编辑继续表达了《先驱论坛报》对怀特的敬意,否认了编辑对与苏联开战有一丝一毫的恐惧,还宣布他们依旧觉得对手是在"利用宽容从而达到毁掉宽容的目的"。这一评论结尾说:"在我们试图处理这个问题时,我们也许是被误导的,但在我们看来,怀特先生根本就没有在处理它。"

【纽约】

1947 年 12 月 12 日

亲爱的法兰克福特①大法官:

这附近现在魔鬼比天使多多了,但是我会继续鼓舌发言的。② 您的来信实在令人倍感鼓舞。我在《论坛报》

---

① 费利克斯·法兰克福特(Felix Frankfurter,1882—1965),美国法学家和最高法院法官,他倡导法官应该保持克制,放弃自己的意见尽量遵从已有判例。
② 法兰克福特写给怀特赞扬他和《先驱论坛报》交锋的信里有一句说他"用天使的唇舌发言"。——原注

上涉足公民自由领域的冒险害我身上插了多得令人吃惊的山羊羽毛①，我快要喘不上气来了，也非常需要收到一封像您这样的来信。

非常感谢。

你无比诚挚的

E. B. 怀特

【纽约】

1947 年 12 月 15 日

亲爱的佐洛特先生②：

感谢来信——我回信有点迟了。没错，我的确不是特别熟悉共产党的策略，但那不是重点。重点在于我们想不想要政府插手传媒行业，开始雇佣或者开除员工。我反对

---

① 出自美国作家埃利斯·帕克·巴特勒（Ellis Parker Butler，1869—1937）的短篇小说《山羊羽毛》，指分散人注意力让人无法专心的干扰。
② 莫里斯·佐洛特（Maurice Zolotow, 1913—1991），美国娱乐传记作家，曾为玛丽莲·梦露等名人写作传记。

这种行为是因为我知道它会通向何处。我的社论①并不是关于那些好莱坞工作人员的品性、动机或者能力的评论，它是对一个行业的警告，业界向政府交出了自己的权利，还容忍自己衰落到了甚至都不能控制自己事情的地步。

我非常坚定地和你站在一边，但是我们必须不能搅动美国人民内心深处的恐惧和仇恨，从而把上百万无辜的公民都变成可疑分子。那才正是某些人期望我们会做的，如果我猜得没错的话。

E. B. 怀特

东 48 街 229 号【纽约】

1948 年 1 月 24 日

亲爱的邦②：

非常感谢你和布兰奇送的《乡居伴侣》。它似乎是本

---

① 《纽约客》的《短文与评论》栏目（1947 年 12 月 6 日）怒斥了那些在忠诚大清洗里开除了十位作家的好莱坞制片人们。——原注
② 斯坦利·哈特·怀特。——原注（译按：斯坦利·哈特·怀特（Stanley Hart White, 1891—1979）是 E. B. 怀特的哥哥，美国著名景观建筑师，伊利诺伊大学教授。）

不错的选集……

到目前为止我度过了一个相当狂野的秋天和冬天，都是因为我那个无法治愈的坏习惯，总是把几乎任何闯进我脑子里的东西都写到纸上，然后再发表到报纸和杂志上。这是个糟糕的习惯，哪怕我是个死不悔改的酒鬼都比这要好。我和《先驱论坛报》因为忠诚测试这个问题起了点小争端，在争论的时候他们发了一篇关于我的社论，说我是社会最危险分子的一员。我乐坏了，因为我直到那时都还不知道自己的分量。仿佛现在要想被人贴上"危险"的标签，你只需要站起来维护《宪法第一修正案》就行了。然后我又在《纽约客》上写了一篇关于好莱坞大清洗和非美国活动调查委员会的社论，结果很快所有的共产党掩护组织都来联系我了。我桌上堆了如此厚的红色文献，以至于我每天晚上回家之前都要先把自己熏蒸一遍消毒。然后我的一篇文章登在了《大西洋月刊》上，一篇关于一头猪死亡的简单乡村故事，结果《埃尔斯维斯（缅因）美国人报》[1]

---

[1] 美国缅因州汉考克郡的新闻周报，怀特长期住在汉考克郡的布鲁克林市。

指责它是一篇恶毒的文章。在美国你甚至连反对便秘都不行了。

不过事情总的来说还不错，我的脑袋感觉比一年之前要好多了。没有什么太多的新闻好报告的。罗杰和伊夫琳几周前生了个女儿，罗杰现在正靠给一份叫《假日》的杂志工作来养活她，这是一份旅行杂志，支撑它的是个合理至极的观点，那就是每一个美国人都想去别的地方。乔在一家建筑公司工作，帮忙翻新《纽约时报》附楼。K 依旧像十匹马一样在《纽约客》工作，但是她的脊椎有点问题，给了她不少麻烦。我对你写的《韦氏大词典》第五版的评论非常感兴趣。我有一本罗伯特·C. 门罗送我的这部词典，扉页上写的是"赠斯图尔特·利特尔"，他是 G. 和 C. 梅里亚姆公司①的董事长。

Zoe mou, sasagapo②。

恩③

---

① 《韦氏大词典》的出版公司。
② 来自拜伦的一首诗，意思是"我的生命，我爱你"。——原注
③ 恩（En）是怀特在家里的绰号。

忠诚

好莱坞处理忠诚这个主题的方法和它处理大多数伟大主题的方法一样——回避它，忽视它微妙的价值，扭曲它的意义。在华尔道夫酒店里上演的最新一出——五十位顶级管理人员公开辞退了十位被谴责的雇员——为美国大清洗立下了先例。每一支笔，每一台打字机，都在这一冲击下觉得天旋地转。这件事就发生在感恩节前几天，而感恩节时孩子们是要唱这些歌颂朝圣先辈的歌词的："他们远行至此所寻为何？……他们并未玷污他们所寻获的……"这个主题明显对好莱坞来说太宏大了，它很少不会玷污它在这里找到的东西，也几乎次次都证明它甚至不能聪明地处理好小主题。

约翰逊先生说制片人意识到了他们以忠诚为依据的雇佣和解雇政策会有一定危险和风险："最好的创意工作是不能在恐惧的氛围中进行的。"约翰逊先生这个结论可是下早了。为什么他和制片人不能承认正是恐惧让他们聚在了华尔道夫酒店，正是恐惧让他们开始了调查，正是恐惧让他们追随托马斯委员会的？这个委员会的调查权还算清楚，但它的调查方式在一个自由国家里简直耸人听闻。至于说作家因为恐惧而被吓得无法创作，好莱坞因为有十个人不愿意公开自己的政治倾向而开除他们这件事已经在空气里散布了足够多的恐惧了，但它可能没有那些制片人所担心的效果。有时一个作家在浑身颤抖，他更有可能是在狂怒而不是害怕。美国历史上最令人害怕的时代也产生出了一些很不错的东西，而这也可能再次重演。如果调查一个人的信仰这种行为变得普遍的话，那么每一个美国作家都知道他今天写的文字可能明天就会让他在绞刑架上摇摆。不过他们中不会有很多人停止说话，哪怕为此丢掉一周两千五百美金也不惜，这是好莱坞的标准薪金。

忠诚是什么呢？人又应该忠于什么呢？我们忍不住要用怀疑的眼光去打量这个行业处理政治忠诚的办法，尤其是当这个行业的艺术忠诚是如此的软弱，如此的曲意逢迎。如果美国意味着追求高目标和尊重自己的聪明才智，那么百分之九十的好莱坞电影都是反美国的。如果美国意味着尊重作家和艺术家的创作直觉，那么好莱坞，从整体上说，就是一个反美国集团，因为电影工业对创意精神表现出了极大的不屑，相反它鼓励的是曲意逢迎的精神。对电影行业来说，艺术品是需要切块贩卖的财产而不是加以阐释的作品。我们还没有忘记，就在一年多以前，一位米高梅公司的高管说过什么。当时他的公司正在试图封住英国评论家 E. 阿诺特·罗伯特森①小姐的嘴，因为她对美国电影的意见是它们都相当愚蠢。米高梅公司的发言人指责罗伯特森小姐并没有满足批评电影的基本条件，因为她的观点是和"那些上百万看电影的人脱节的"。他对电影评论家的定义是一个能够感受到百万人的脉动的人，而不是一个看完电影之后审视自己良知的人。我们举这个人的例子是为了展示他对

---

① 爱琳·阿诺特·罗伯特森（Eileen Arnot Robertson，1903—1961），英国小说家和评论家，她的小说《四个受惊的人》1934年被改编成电影。她也长期撰写影评，出语严苛，1946年米高梅公司因为她对该公司电影的负面评价将她告上了法庭。

人的蔑视——蔑视那成百万观众，他是如此瞧不上他们的智力。

　　要明白为什么危险分子会聚集在好莱坞是很容易的。他们在那里找到了合适的氛围，那里的制片厂里挤满了忙着颠倒是非的人，他们还可以在那里得到两个让他们的生活可以忍受的东西——金钱以及每天都可以见到资本主义社会愚蠢一面和酸朽气味的证据。不过如果好莱坞的制片人们是真心信仰美国的，他们就不需要担心这些人了。他们需要做的只是拍出好的电影。一个拍出了一部好电影的电影人，一个出版了一期优秀刊物的报纸老板，这样的人可以在早上去上班时从夹道抗议中走过，而且等他在办公室里坐下时，他会觉得身下的椅子是结实的，这个房间也不会一圈圈地旋转。良知的自由是种难以捉摸的东西。幸运的是，缔造我们宪法的人丝毫不蔑视人民，他们明确了良知的自由是什么，还把它写进了现在还滋养着我们的伟大修正案里，同时也借此向个人致以了可能给出的最高敬意。负责任的人心中的自由良知早就在这片土地上得过奥斯卡奖了，比好莱坞开始往它那些被人崇拜的明星身上别奖牌要早得多，而自由良知获得奥斯卡的原因并不是因为它愿意照剧本上写的表演，而是因为它总忍不住会抛开剧本。

我偷看

玩闹的男孩们玩的游戏

　　"我偷看"和"小羊快跑"①，

搞得街头整日价闹闹嚷嚷，

　　而一切都是为了好玩。

而当少年们名声渐长

　　也学会了制造更晦涩的声响，

他们谋划又计划，依旧玩起了

　　他们还是男孩时玩过的游戏。

在黑暗的街头他们躲起了猫猫，

　　游戏变得狂野又迷醉；

① 两者都是西方常见的儿童游戏。"我偷看"（I Spy）是一个猜物游戏，游戏的一方"我用我的小眼睛偷看到，一个用……字母开头的东西"来描述目力所及范围内之物，另一方据此猜测。"小羊快跑"（Run-Sheep-Run）则是一个追逐游戏。一组负责藏，一组负责追，躲藏一组的领头人在觉得可以安全行动时会用"跑，跑，小羊快跑"来招呼自己的队友。

他们刺探另一方的情报，

　　把秘密藏到南瓜里。

所以就让我们想想小男孩，

　　还有断不了的爱玩火的念头，

想起记忆中简单的快乐，

　　还有如何烧到了手指头。

街上变暗，夜晚变热了，

　　游戏就这样开始变化了。

不论我们知道不知道，小伙子们，

　　游戏就快要到头了。

跑，小羊快跑！跑得又野又快——

　　这是能终结一天的游戏。

看看天上！终于有场火

　　是大到男孩们玩不了的了！

民主的圣殿

当有几位教授被华盛顿大学开除时，这个大学的校长说加入了特定党派就使得一位教师无法再去追寻真理了。在我们看来，这一论断有一定的价值。想要追寻真理，我们就不能在任何一个洞里陷得太深。最好是要有强烈的好奇心和薄弱的隶属关系。然而开除一个教授或者让他在书面证词上签字是容易的，学术自由这个问题就没有那么容易解决了，它在大学校园里的存在就像更衣室里的冬青精油①味道一样永恒。在这片土地上，一位被驱逐的教授并不是一个与我们无关的孤岛；他的死亡是我们所有人的损失。

毫无疑问的是大学和学院最近都迫于校友和校董们的压力要整顿队伍并且开设关于美国生活方式的有活力的课程。有些学校（值得注意的有华盛顿大学和奥利韦

---

① 从冬青树叶中蒸馏出的精油，常用来治疗肌肉和关节疼痛。

特学院①）已经采取了行动，其他的还在不安地研究自己的名单。教授们，与此同时，早上会把自己的领结打得稍微保守一点，会稍微再多花点心思修正一点自己不守规矩的发言。一个小学院的校长前几天宣布，他的学校已经受够了围绕着一堆朦胧的观点瞎折腾，他们要挽起袖子开始教真正的美国精神了——按照他的描述，这听起来就像武器操典一样简单。在康奈尔，一位校友最近倡议学校加开一门关于"我们的自由"的课程——这也许是个不错的主意，但它让我们觉得是埋满了地雷的。（这里的问题出在"我们"这个词上，这个词过于局限了，而且会导致大学沦为某种国家哲学的附庸，就像当德国的大学感觉到宣传部冰冷的手的时候。）艾森豪威尔总统提出了一个更稳健的提议，他非常确定地说，虽然哥伦比亚大学崇敬的是一种理念，但是它会探究所有的理念。在我们看来他似乎最清楚美国的力量究竟存在于

---

① 华盛顿大学是位于密苏里州圣路易斯的研究型私立大学，创建于1853年，因纪念美国国父乔治·华盛顿而得名。奥利韦特学院是位于密歇根州的私立基督教学院，创立于1844年，隶属美国公理会。

何处。

本刊相信应该以是否称职作为雇佣和解雇的标准，而我们对于被解雇的教授们称职还是不称职这一点无法置评。我们也相信过去十八个月里，在这个国家发生的某些解雇更像是政治清洗而不是因为个人不称职而被解雇的。我们认为这对所有人都是有害的。好莱坞十人一组地开除了自己的编剧。华盛顿大学让它的六位教授排成一列，因为政治不正确开除了其中的三个，剩下的三个留校以观后效。不管这些人是称职还是不称职，这都不是什么好的管理；它是令人紧张的管理方式，它也暗含着施压的氛围。它还间接助长了对手阵营的气焰，让上百万称职的美国人有点过分谨慎，有点害怕有了不规矩的"思想"，有点害怕和其他人有不一样的信仰，有点担忧和某个团体或者政党或者俱乐部有来往。

在健康民主国家里的健康大学就是微缩的自由社会。民主生活麻烦的特质就在于它不是牢固得让人安心的；它总是悬于一线，永远没办法筑牢和加固，永远在被挑战，永远在被保卫着。这根看似细若无物的线，对于那些天生想让这个亲爱的结构拥有更坚实的支撑的人来说，是个值得关心和担忧的问题。这根线，我们认为，对于习惯一板一眼做事和做大事的人来说尤其令他们担心，他们习惯了在每一个可能的时候巩固自己的地位，他们也想为自己的母校做同样的事情。但他们不是总能意识到民主的弹性正是它强大的根源——就像蜘蛛的网一样，它会弯曲但不会破裂。在现在这个时代，当压力太大时，想要给民主这整件事更牢固的形态和用更常规的加固件给它加固的欲望简直是不可战胜的，也让那些宣称热爱自由的人提出了一些其实对自由没什么真正信心的方案。

我们和艾森豪威尔总统一样相信，一所大学展示自由的最好方式不是对反面的观点关上门。我们相信教师不应该三人一组因为政治不正确被开除，而是一人一组因为不称职被开除。大学校园是独特的。它是超越政府之上的。它是位于生活最高层面上的。那些生活在那里的人知道清新的空气闻上去是什么味道，他们也一直努力用小写的 t 来拼写真理①。这就是它秘密的力量和它对自由之网的贡献；这就是为什么大学图书馆的阅览室就是民主的圣殿。

---

① 在英文中首字母大写的真理 Truth 有唯一真理的意思，而小写则意味承认多重真理的存在。

《太阳报》① 之死

　　我们一点都不吃惊的是，在《太阳报》停刊时，当其他报纸在撰写他们的讣告和他们眼泪汪汪的社论哀悼一艘从未偏航的大船的沉没时，只有其中一家报纸提到了《太阳报》最出色的新闻人——唐·马奎斯②。正是在《太阳报》的办公室里，"小写字母阿契"，一只有着诗人灵魂的虫子，靠吃陈浆糊和苹果皮活着，同时每天晚上在打字机键盘上辛勤劳作，这件事竟然不值得随口一提。啊，可悲可叹啊！对成千上万买晚报的人来说，有一位《太阳报》的员工远胜过了达纳们，芒西们，亚瑟·布里斯班们，理查德·哈丁·戴维斯们，还有弗兰克·沃德·奥马利们③。对这些读者来说，《太阳报》在马奎斯

---

① 创立于 1833 年的纽约大报，一度是《纽约时报》的竞争对手。
② 唐纳德·罗伯特·佩利·马奎斯（Donald Robert Perry Marquis, 1878—1937），美国记者、诗人和剧作家。"小写字母阿契"是他在《太阳报》的专栏《日暮》中创造的虚构形象，它因为无法按动打字机上的 shift 键切换大小写而得名。
③ 查尔斯·安德森·达纳（Charles Anderson Dana, 1819—1897），美国著名新闻人，1868 年起担任《太阳报》主编；弗兰（转下页）

离开时就死了。

《太阳报》之死，还有这些葬礼仪式让我们想起了
"老鼠"弗雷迪之死。弗雷迪是《太阳报》办公室的另一
位著名房客，他是阿契的不讨人爱的同代人。在弗雷迪
死后（在与一只塔兰图拉毒蜘蛛遭遇之后），他们把他从
消防楼梯上扔到了小巷子里，一切按照军事葬礼的仪式。
这也是当一份报纸死掉时会发生的事情。弗兰克·芒西
有句话总结了这种情况，那只塔兰图拉毒蜘蛛也说过。
那只塔兰图拉毒蜘蛛一直在挑战弗雷迪。"我踏足之处，"
他说，"必有一草凋亡。"芒西说的要稍微优雅一点。"纽
约的晚报市场，"他在 1924 年说，"现在处于健康的状态
中，全靠削减了过多的晚报。这些晚报都是我一个人一
家一家地从纽约新闻界里清除的。"我踏足之处，必有一

（接上页）克·安德鲁·芒西（Frank Andrew Munsey，1854—
1925），美国出版人，是美国流行杂志的先驱，出版和收购了大
量报纸和杂志，他在 1916 年收购了《太阳报》；亚瑟·布里斯班
（Arthur Brisbane，1864—1936），美国作家和著名新闻人，他是
在《太阳报》开始自己的新闻事业的；理查德·哈丁·戴维斯
（Richard Harding Davis，1864—1916），美国小说家和著名记者，
他以战争报道闻名，他也在《太阳报》工作过；弗兰克·沃德·
奥马利（Frank Ward O'Malley，1975—1932），美国记者和作家，
1906 年加入《太阳报》，以写作幽默著称，绰号"《太阳报》的
奥马利"。

小报凋亡。

一份报纸的第一要务是要活着。而对任何报纸来说，唯一最为重要的事实就是它和别的报纸不同，而且它是由不同的人或者不同的一群人所有的。这一事实（它与其他报纸不同这一事实）超越了一份报纸的伟大，一份报纸的诚实，一份报纸的活泼，或者其他任何品质。每当一份报纸被扼杀或者出于怜悯被结果时，这个国家的健康就变糟一分。在《太阳报》被斯克里普斯-霍华德吞并这件事里，最严肃的事实不是我们又失去了一份保守的报纸，或者一份古老的报纸，或者一份诚实的报纸，或者一份滑稽的报纸，而是我们失去一份报纸——失去了合唱中的一个声音。

广播剧《中央车站》① 最近的一集让我们比平时更仔细地审视了这座城里的报纸，而它们激动的情感一点都没有打动我们。这些报纸积极地报道了纽约中央铁路公司②的事件以及它开了先例的车站诈骗；它们充分利用了

① 美国广播剧，得名于纽约中央车站，1937 年到 1956 年间在各大广播网络上播放。
② 创立于 1853 年的铁路公司，1867 年被铁路大亨康内留斯·（转下页）

这一新闻事件，拍了照，刊登了到底发生了什么的详细报道。但我们察觉到了一种奇怪的缺乏任何个人信念的感觉，不论是赞成还是反对的。这些报纸在关于政治和腐败的问题上勇猛得就像公牛一样，可当它们靠近任何与广告深深的利润之河哪怕只有一丝丝关联的问题，它们常常就会看起来乖得像小羊羔一样，或者像兔子一样漫不经心。就出于这一个原因，哪怕没有别的原因，我们也应该有众多的新闻报纸，众多的报纸老板，而不是仅仅只有几家这件事就显得尤为重要了。

而说到收入，《太阳报》老板的最后声明是用如此雍容的文字写成的，以至于它差点就能解释他的报纸为什么会倒闭了。德瓦特先生说："日益增高的生产成本，在广告收入没有相应增长的情况下，使得这样的结局不可避免。"这样的文字占用了一大堆新闻纸和不少的排版工作。阿契可以说得更快，收费更便宜。

<hr>

（接上页）范德比尔特（Cornelius Vanderbilt，1794—1877）收购，纽约中央车站是该公司最大的火车站。

观念的重响

美国人愿意费很大的事花很多的钱去为了保卫他们的原则而战，却不愿意费事费钱去用文字宣传这些原则。我们都可以出于本能随时为某些原则而死（或者，对过于成熟的成年人而言，派年轻人去死），可我们懒于将为之去死的原因公告天下。某些批评家说自治的、民主的人民不知道他们信仰的是什么；可那纯粹是瞎扯。其实是因为民主的人民——他们也是没有耐心停下来的人——感觉不到什么强烈的冲动来定义他们本能地就理解的东西。同时，他们也没有赋予政府代表个人说话的权力。这种懒于宣传的倾向非常典型。为了一个军事项目可以花三百六十亿，但只会花一点小钱让人阐述我们的目的和信仰。很多人现在认为，我们也同意他们的观点，那就是如果我们想要成功地和共产主义腹地浑厚的召唤竞争——这是如同住在帐篷里的福音派传教士一样响亮刺耳的召唤——我们就必须弄出我们自己的小哨子来。我们已经让苏联的声音处于劣势了，我们也应该利用这一点。苏联人把自己限制在要不是传播他们认为是真理的东西，要不就是屏蔽来自另一个方向的声音。他们不能传播信息，因为信息常常让他们的真理显得很尴尬。我们可以做得好得多。我们可以，而且应该，传播一个美国人每天早上在他的报纸里读到的内容——新闻、定义、读者来信、文本、信条、报道、菜谱、目的，还有动机。我们必须要用我们这样的报道触及那成百万的人，也让他们震惊，因为他们几乎听不到这样的内容，也几乎不知道它的存在。我们可以安全地把"真理"留给克里姆林宫，与此相对的是我们可以传播不同观点的精彩，传播观念发生碰撞时的重重响声。

　　苏联人对我们的指责，那些有意误导了成百万的人的指责，应该有一个大大扩充了的"美国更正、放大和滥用部"① 来应对。假消息，即使当它不是有意散布的时

---

① 这是一个源自《纽约客》的诙谐说法，当《纽约客》每次刊出事实性错误的更正通知时，这类通知一般的题目就是"更正、放大和滥用部"。

候，也是大多人类苦难的根源。我们可以回想一下乔治·库申卡斯最近遭遇的不幸，这个五十六岁的快递员推着他的手推车走了十三英里，走到了布朗克斯深处，因为他的雇主写的"第23街"看起来就像"第234街"。这纯粹只是不小心。但是想想看，世界上有多少人因为这样或者那样的误解推着重重的手推车，朝着不可能的方向前进！

我们那天在报纸上读到一篇历史学家写的东西，他觉得自由是没有希望的了，因为边疆正在消失。自由，他论述说，是不能在没有先驱者精神的文明的拥挤状况下生存的。如果这个理论说得有点道理，那它就会是这个星期最糟的消息了。我们认为这位历史学家低估了个人心中自由精神的活力，也夸大了地理的作用。一道几乎但并不是绝对不能穿透的铁幕和一片覆盖着从未有人涉足的森林的边疆一样充满挑战。再说了，很明显自由是可以舒服地生活在非常拥挤的地方的。我们今天早上就经过了这么一条街。

不知为什么，读者来信这个版面——它一直都是奇怪又神奇的——是这个我们热爱而且想要向世界介绍的社会的主要装饰之一。给主编写信的特权是人基本的权利：它造就的是美国这盘热腾腾的炒蛋。就拿前两天的《纽约时报》为例吧：一封题为《对被问到的问题的了解》的气势磅礴的信件；一个学生倡议要保护森林保留地（"就让这漫长而困难的战斗成为一个教训……"）；盖恩斯犬类研究中心①的一个人写的愤怒的驳斥"狗日子"②和恐水症有关系的文章；一篇关于世界政府的深入思考的文章；最后是来自纽约州门罗市一位读者的怒吼："碰巧我最近试图移植三棵蝴蝶草，它们都有长长的、水平生长的根。"这样的一个版面，还有《纽约时报》要出版它的责任感，都显示了民主行为和思想里长久的正常感，同时也让人确信朝鲜或者苏联的大嗓门都不能动摇这片土地——这里的公民的痛苦和希望，不论大小，每天都在媒体上公开——这片有着长长的、水平生长的根的土地。

---

① 美国宠物食品公司的附属机构，该公司由克拉伦斯·盖恩斯（Clarence Gaines，1898—1986）在 1928 年创立，1943 年被通用食品收购。
② 英文 dog days 的字面义，通常用来指一年中最热的时候。

与事实不符

新词看起来是危机的副产品之一。塔夫脱参议员被艾奇逊国务卿称为"重新审视主义者"。斯塔森先生管自己叫"自由主义者"。这些新字眼几乎和它们诞生于其中的局势一样让人无法忍受。用武将军①的话说，朝鲜人是"解放主义者"。而任何反对他们的人都是"侵略者"或者"帝国主义者"。武本人或许可以被描述成一位派生主义者，或者说文抄公。

我们和塔夫脱一样同意我们的外交政策应该被重新审视。在这场争论里站在塔夫脱的一边让我们有点不安，但并不会让我们永久无能。外交政策应该每个小时整点的时候都被审视一次，就像承载着我们希望的每一棵娇嫩的植物，每一只动物，或者每一个孩子一样。在我们

---

① 指武亭（1905—1952），朝鲜政治家和军事家，原名金炳禧。毕业于保定军官学校炮兵科，1925 年加入中国共产党，曾担任八路军总部直属炮兵团团长，返回朝鲜后曾任朝鲜共产党组织委员会干部部长、人民军炮兵司令官等职。

看来，美国的外交政策方向和分析都是正确的，但我们每次重新审视它时，都发现它在噱头和范围上有所不足。

自由的策略主要依靠的是"第四点计划"①，一个宣称是"大型、大胆"的针对落后地区的发展和援助计划。到目前为止，第四点计划既不大型也不大胆。斯特林费罗·巴尔②刚刚撰写并出版的一本小册子非常清晰地从这个角度批评了这个项目。小册子和匆匆写就的关于如何拯救世界的书也是危机时刻的另一种奇怪副产品，我们也推荐用巴尔先生的书来练习重新审视。暂时搁置对他的大范围解决方案（在联合国之下设立一个世界发展机构）的意见，我们同意他的观点，即这个国家总是太愿意去低估问题。他就是一个谦逊又有思想的重新审视主义者，他相信，我们必须要说服我们在全世界不幸又不快乐的朋友们，在我们的社会里有比原子弹更滋养人的东西。

---

① 一项对外援助计划，得名于哈利·杜鲁门总统就职演说中提到的第四个外交目标。——原注
② 斯特林费罗·巴尔（Stringfellow Barr，1897—1982），美国历史学家和作家，曾任马里兰州圣约翰学院校长。

没有人能预言战局的变化，但几乎任何人都能准确地预言一件事：贫困和恐惧将会继续在未来的一段时间攫住世界上的大多数人。美国的政策是强化自由国家并建设我们的防御。这是正确的政策，我们也应该不遗余力地快速执行它。可我们也必须记得，当我们在说"遏制"的时候，苏联人在说"解放"。在使用语言上苏联将永远可以胜过我们，因为它不觉得必须要让语言和事实相符。为了要能成功地竞争，我们必须在表现上胜过苏联。我们接受了通过联合国来完成这个工作；第四点计划就是战略中的一个要素。让它变得又小又懦弱可能会是个非常大的错误。

谋杀《新闻报》

《新闻报》是一份布宜诺斯艾利斯的保守
新闻报纸，它卷入了一场工会混乱以及和阿根
廷前总统胡安·庇隆的政治纠纷中。

这次犯罪调查[①]的影响非常深远，尤其是托比参议
员[②]短小的指控演说，在事后回顾这些演说，我们觉得它
们是种可疑的搜寻事实的方式。不论可疑与否，它们在
头脑里确立了一种模式。昨天，当听证会正在进行的时
候，我们有幸去联合国总部拜访了一位仁兄，去询问他
关于《新闻报》这件事的细节。在我们聊天的过程里，
他说："信息自由分委员会还在沉睡。""那就叫醒它呀！"
我们几乎要喊出声来，然后才想起我们不是参议员，我

① 指 1950—1951 年间的"美国参议院州际贸易犯罪调查特别委员
   会"，委员会主席是田纳西州参议员埃斯蒂斯·基福弗（Estes
   Kefauver, 1903—1963)，故也称基福弗委员会。该委员会旨在调
   查美国的有组织犯罪问题，前后召集了六百多人出席作证，并且
   有多场质询都是在电视上直播，在 1950 年代初造成了巨大的社
   会影响。
② 查尔斯·威廉·托比（Charles William Tobey, 1880—1953)，美
   国政治家，曾任新罕布什尔州州长和参议员，他是基福弗委员会
   的一员。

们的朋友不是一位证人，电视刺眼的宗教之光也没有照在我们的对话上。

杀死一份报纸和杀死一个人很类似；当人试图要毁灭证据之时，它常常会引发更多的流血。庇隆先生勒死了《新闻报》，还被人看到手里握着拉窗索。全世界的报纸和杂志碰巧都抓住了他的现行。于是他现在走出了下一步：他在挨个给证人头上来一下，好让他们别来碍事。阿根廷海关上周接到命令要查缴某些报纸和期刊，好让这名独裁者免受被阿根廷公众读到他的罪行的尴尬。谋杀就是这样滋生出更多谋杀的。

关闭《新闻报》让人想起了别的杀戮，就在不远的过去，当时其他的独裁者，现在都死了的，也在忙着堵上自由媒体的嘴。我们不得不为此打了一仗，而那也是值得纪念的。就连表述都让人听起来耳熟——用"光明"这个词来代替"黑暗"。独裁者总是会创造出他们自己的语言。庇隆先生最近在出席一个有二十一位美国共和党人参加的会议时，呼吁设立一个项目来把西半球变成"一个黑暗世界中的和平灯塔"。在这种危机时刻，我们更喜欢《韦氏大词典》；在《新闻报》重开之前，我们都会将庇隆先生的国家称为最黑暗的阿根廷，我们也希望看到，不论这个国家在何时被美国媒体（现在被他禁了）

提及，它都是如此被称呼的，以此作为对这些恶行不间断的抗议。

《新闻报》的事情搅起了一个一直重复出现的问题：联合国怎样才能摆脱它的无能并展现出力量？自由世界被压迫一家独立报纸的事震惊不已，也不会轻易接受这是"国内"事务这个解释。一家报纸的死亡绝对不是国内事务。杀死一家报纸就是侵略行为。它就和调动军队跨过国界一样具有威胁。如果信息自由分委员会还在沉睡，那么就让新的和平观察委员会醒过来并把《新闻报》的事作为它的第一个任务。如果我们想在天上找到不祥之星，还有哪里是比一家被锁起来的报纸更合适的天文台呢？它的主编就因为写文章陈述了自己对问题的看法而被追捕。

联合国的宪章里有一份人权宣言，但它并没有任何管理人类行为的机制。它不能要求成员国兑现构成这些权利基础的义务，它不能要求成员国接受可以将这些权利转变为现实的责任。简单地说，它可以看着《新闻报》死去，它可以做记录，但它不能让凶手伏法。此外，联合国也不能给成员资格强制附加任何道德要求。那些在1945年被接受的国家，其中就包括最黑暗的阿根廷，被接受的原因仅仅是由于他们在一场世界大战里站在了胜利的一边——这是我们听过的最愚蠢的组织一个俱乐部的方法了。现在，联合国在衡量让苏联坐在它的会议桌旁和有一套成员国都同意的基本原则这两者哪一个更有益处。它不能两样都要。可它在有了原则之前是不会有力量的——首要的原则就是自由媒体。联合国背后有种强烈的想要代表自由原则来采取行动的世界情绪。总会有那么一天，不论早晚，那时这种情绪会胜过其他所有情绪，那时联合国会决心修订它的宪章并创造一个由权利和义务组成的宪法式的系统，以此取代与苏联还有它的小弟们订立的临时协议。那时，如果一个国家想要享受成为联合国成员的乐趣和好处，它就必须要先满足成为成员国的资格。而其中的第一条就将是有自由的媒体，而且是当真的。

抹黑别人

　　我们怀疑这个国家的历史上从来没有过现在这样的时刻，有如此多的人想要抹黑如此多别的人。大约一年前，我们开始编纂一本诽谤手册，记录在美国谁在揭谁的短，但对我们来说这个名单很快就变得太长了，我们也就放弃了这个项目，因为它又笨重又不可爱。抹黑别人已经变成了一种国家疾病，目前也还没有找到治疗的方法，很有可能我们所有人会在某天早上醒来发现整个国家里都找不到一个好人了。抹黑、谴责还有揭露——这一切为报纸专栏提供了巨量的内容，而美国生活的故事也融化在了一部关于虚伪、恶行、败坏和行为不端的小说里。写作这出烂俗的故事花去了公民们越来越多的时间。而这种活计里还能挣到钱，这是毫无疑问的。佩格勒①，那个公开否认

---

① 即怀特在《新闻标准》一文里提到的威斯布鲁克·佩格勒，他是第一个获普利策奖的专栏作家，但是他后期观点转向极度保守，甚至批评了民权运动。

民主的人，就是这么过得很好的，就靠着每天变着法讲述个人道德败坏和愚蠢这个主题，还靠着宣传那些和他想法不一样的人都是危险人物。此时此刻我们不知道谁在准备 1953 年的抹黑之书，好完成莫蒂默和莱特①未尽的事业，但此刻我们可以合理地推断这样一本书正在编纂中。所有这一切都让人不由得停下来反思，让现状变得非常不祥，尽管事实并非如此。最近选民对尼克松参议员经济问题的过分关注几乎完全遮蔽了一个光明的、令人振奋的事实，那就是在艾森豪威尔将军和史蒂文森州长②身上，这个国家看到了无论是声誉、能力还是诚实都绝少有人能比得上的一对候选人，而不论最后谁当选，我们都应该谢谢我们的幸运星，也谢谢我们的不记名投票亭。

---

① 杰克·莱特（Jack Lait, 1883—1954），美国记者和作家，李·莫蒂默即美国专栏作家莫蒂默·利伯曼（Mortimer Liberman, 1904—1963）。两人在 1940 年代和 1950 年代合写了一系列揭露美国黑暗面的书，《纽约机密》（1948）、《芝加哥机密》（1950）、《华盛顿机密》（1951）和《美国机密》（1952）。这一系列都非常畅销，也被人批评过于耸人听闻。

② 阿德莱·史蒂文森（Adlai Stevenson, 1900—1965），美国政治家，1948 年当选伊利诺伊州州长，在任期间颇有政绩，1952 年和 1956 年都作为民主党总统候选人与艾森豪威尔角逐美国总统，但两度均落败。

在多疑的、疑心的时代，国家道德往往容易摔倒，滑向一种不好的局面，那就是要知道一个人是不是光荣就看他有多少热情去发掘出别人不光彩的事。这永远都不是什么好办法，也再没有比现在更糟的时候了。它构建起了一个摇摇晃晃的结构，还激化了基本的问题。从来没有人能靠着公开别人的弱点来获得力量，往那个方向去寻找力量就等于伸手想抓住影子。我们期望并祈祷，我们的国家，在十一月的结果让尘埃初步落定之后，能够认识到它病症的严重并着手纠正。

安全的 ABC

A 先生对 B 先生说：

"我怀疑 C 的忠诚。"

B 先生对 A 先生说：

"你刚说的让我又惊又懔；

我们最好今天就查查他，

而正好你提到了 C 先生，

我觉得我必须提提 D 先生。

我相当怀疑他的忠诚。"

G 先生对 F 先生说：

"你小声点——别人又不聋！

我不想要你提到是我说的，

但没错，我一直在注意 B。"

C 先生对 A 先生说：

"今天我见到了件怪事；

我看到 F 在和 G 说悄悄话，

而且我就听到了 B 的名字。"

"不是吧，真的?" A 回答 C,

"行吧，不管怎么样——我

不认识 B。

我猜这对我不是什么坏事。"

恶毒就这样暗中散布，

直到 Z 先生崛起了。

闪电绕着他的头跳动。

"我亲爱的同胞们，"他说，

"过去，正如你们所见的，已经完了，

整个字母表已经都没人相信了；

你现在不能相信老师能教好书，

你不能相信牧师能布好道，

而且我一直特别努力的是

去证明谁都不能相信他的邻居。

事实上，一切已经非常清楚了，

除了我你谁都不能相信。

而命运的转折就是如此令人开心，

我要来净化这个国家了。

我的手段将会是迅速而强力，

要打击的犯罪是错误的思想。

我知道如何治愈异端。

你们可以把一切都交给我。

把一切都交给我吧！"他说。

"万岁！"他们喊道，"Z万岁！"

联邦通信委员会的背景噪音

联邦通信委员会①正在考虑一个计划，照这个计划调频广播电台要为商店、饭店、电车还有公车提供"背景音乐、天气预报和新闻播报"。委员会欢迎大家提意见。我们的意见或许应该是提交给各位客户的——尤其是给公车和电车公司，他们的观众不是出于自由选择而是不得不收听这样的节目。我们的意见是总有那么几个人（在商店里、在饭店里、在电车上还有在公车上）更喜欢从远离美联社的内部信源获取新闻，更喜欢靠低头看雪或者抬头看星星来判断天气，而且对他们来说，任何场合都最适合的背景音乐就是群星之声②，还得是自己私下录制的。在宪法里暗示过的这些人的自然权利，在我们看来是重要的，所以我们会建议联邦通信委员会还有所

---

① 美国联邦政府负责管理广播、电视、无线电、卫星和网络通信的部门，也负责媒体公平竞争和媒体责任的管理。
② 原文为 music of the spheres，指的是源自古希腊的一种天文概念，将天体运行的节律视作如音乐一般规律。

有调频广播的客户们在决定是否要俘获听众的时候考虑一下这样的权利。这个国家本来就在看新闻看到醉的边缘了；民主国家是不能仅仅靠消息灵通就万世长存的，它同时也必须要会沉思，还是睿智的。我们相信新闻应该是任何需要它的人都伸手可及的，但同时它也永远不应该被强加在任何想要自己发掘新闻的人或者任何需要睡觉的人身上。

一个小时的思考时间

艾森豪威尔总统最近明确表示他想要重新规划自己的生活，这样一天能有一个小时可以思考的时间。他说他至少需要早上半个小时和晚上半个小时来整理自己的思绪。我们鼓掌称颂这一举动。作为美国思想领袖的一个问题就是它让人没有思考的时间，而现在总统的责任是如此繁重，以至于它们可以裹挟着一个人过完一整天都不用去思考，除了那种像扣扳机一样的紧急决断之外。至于我们自己，我们说起自己来可比谈论艾森豪威尔总统熟悉得多，我们一直企图规划我们的一天，让自己没有什么事情好做的，为的就是这一丝希望：如果我们无事可做，或许我们会变得有思想。这么做没有成功。思想既不是彻底的无所事事也不是忙得手脚不停的副产品，而是日常生活这根藤上毫无征兆地发出来的一个意外的芽头，而只有当人尽早地发现它并且怀着善意和耐心去呵护它时，它才能被培养大。我们认识的某些最能言善道最令人佩服的人一辈子都没有过一个想法，或者说从来没有让一个想法自然地成长过，而是催着所有的念头都赶快开花。看起来，大多数人讨厌思考并且情愿走极端来避免它。那些我们在献给思考的午后时光里为了逃避思想的折磨而流连其中的电影院，如果一个又一个地堆起来，会比奥林匹斯山还高。

很有可能美国总统的工作已经变成一个人不可能完成的了，我们需要有两个人——一个积极的总统，负责回答问题，做出决定，参加会议，还要聆听报告和八卦，然后是一个消极的总统，他只会观察，思考问题，最后，如果他有了什么想法，会让国家享受到它的好处。理想情况下，这两个总统应该在一个人身上合二为一，就像在林肯身上一样，他的地位和秉性足以让他同时担任积极和消极的角色。不是每一个选举出来的领导都是如此天赋异禀的。高尔夫不算消极，它只是消遣，如果分数还不好，它连消遣都算不上。不管怎么说，要想的东西很多，我们也同意艾森豪威尔先生的观点——每天似乎根本不够长。

　　我们不知道总统是如何安排他的"思考时间"的，他一次半个小时的纯粹动脑子时间。如果他需要话题的话我们可以提供几个。自由。团结。宁静。丰饶。雨和风。天上的光亮。很老很老的样子。最近单是团结问题就够让人想足半个小时了。自由国家在它们剩下的世界里像盒子里的珠子一样晃动作响。它们必须要被穿起来。而我们非但没有努力把所有国家穿起来，大多数时候还在互相忽悠。在现今这样的革命时代，美国应该清楚地放射出革命之光，正如它的历史和它的品格让它有资格去做的一样，让它的民主法则成为一个更有影响的世界宗教。这是不可能通过只扮演反共的负面角色来实现的；它只能通过内部健康的正面形象和对他人的广泛同情及关心来实现。民主难以解释，难以提及，因为它很微妙。它的信众倾向于将它视作理所应当之物。但所有的证据都显示我们不应该将它视作理所应当的，或者一厢情愿地认为它是被人清楚理解或者广泛接受的。

床伴

　　我正躺在我的私人医务室里——它在东城第二和第三大道之间的位置——从床上这个制高点看着窗外的椋鸟。有三个民主党人和我一起躺在床上：哈利·杜鲁门（在一份过期的《纽约时报》里），阿德莱·史蒂文森（在《哈泼氏杂志》里），还有迪安·艾奇逊[①]（在一本题为《一个民主党人眼中的民主党》的书里）。我带民主党人和我上床是因为我缺一条腊肠狗，尽管其实在这样的时候弗雷德的鬼魂肯定会来造访我，他是我永恒的腊肠犬，已经死了很多年了。在他活着的时候，弗雷德总是会陪着病人，像个好色的老医生一样一定要爬上病人的床，把本来就够糟的局面弄得更糟。这整个阴暗的早上，我都不情不愿地在皱巴巴的毯子上招待他，感觉到了他

[①] 迪安·古德哈姆·艾奇逊（Dean Gooderham Acheson, 1893—1971），美国政治家，作为杜鲁门总统的国务卿主导了杜鲁门政府 1949 年到 1953 年的外交政策。

沉甸甸的分量，还听取了他虚假的报告。他活着的时候就不是个舒服的床伴；死亡也没有带来多大的改善——我还是觉得被挤到了，还是在问自己为什么我要忍受他天生的粗鲁和虚伪。

我过去觉得他在床上唯一还能让我接受的就是他的味道，不知为何这个味道不让我觉得难闻，还会让我的头脑联想到别的东西，有点像一阵牛棚的臭味，或者春天草坪上撒的骨肥的臭味带给人土地的肥沃还有经验的感觉一样。弗雷德的气味还没有抛弃他；现在它一阵阵向我涌来，仿佛我刚刚拔掉了一瓶廉价香水的塞子。他的气味也还没有抛弃他戴过的最后一条项圈。我不久之前又翻出了这条大大的镶钉皮带，当时我在一个橱柜里找东西。我小心地把他拎起来凑到我的鼻子跟前，害怕他遭遇的最后一头豪猪的刺会扎到我。这条项圈味道大得很——大概损失了不到百分之十的烈度。弗雷德是当作一条腊肠犬卖给我的，我当时正想买条狗，就算那个店主说他是条爱尔兰喷火狼犬我也会买的。在我完成交易的时候他才几周大，而他就已经惹了大麻烦。一眨眼，他的麻烦解决了而我的开始了。十三年之后他死了，按说我的麻烦也该解决了。但我可没法说真是这样。现在，他死了七年之后，我还因为生病发烧和他挤在一张床上，而且要更麻烦得多的是，我还觉得有冲动要去写写他。我有时候怀疑潜意识里我想利用他当写作素材，这样让他补偿我花掉的时间和金钱。

他毛色发红，腿短身长，就像条腊肠犬的样子，而且当你随便看他一眼时，他给人的瞬间印象的确也是一条腊肠犬。但是如果你用软尺去量他，还逼他站上秤台，这个腊肠犬理论就破灭了。买他时附带的证书是在宠物店后面的一间小屋里急匆匆地在一种非法的氛围里制作出来的。不过我没有必要让犬业俱乐部感到紧张；这次欺诈，如果那真的是欺诈，1948年就结束了——在他死亡的时候。他大部分的生命都花在了不见光的行径上，很自然他的血统也应该是（我相信他就是）假造的。

我在这里受煎熬，看着我们城市后院头顶悬铃木的可爱枝干。这个季节只能看到椋鸟和家麻雀，但很快其他鸟就会来了。（为什么——顺便说一句——《纽约时报》不出一个《新到鸟类》专栏，就像他著名的《新到买手》专栏一样？）弗雷德是条观窗犬也是条观鸟犬，尤其是在他最后的几年里，当硬化的动脉血管让他变得行动迟缓，逼得他不得不用安静的享受来代替活跃的运动。我想到他时，想的都是他趴在我们缅因的床上的样子——一张老旧的四柱床，离地面太高，没有帮助他是上不去的。不论什么时候，只要白天床上有人，不管是因为我们中的一个生病了还是在打盹，弗雷德就会出现在门口，不敲门径直闯进来。他灰色的大脸上会有一种平静的快乐（因为逮到了有人白天在床上躺着），和他平时虚伪的高贵样子融为一体。不论是谁在床上都得俯下身子，抓住他粗脖子上松垮的皮褶，费力地把他提上床。他很讨厌这种操作，躺在床上的人也一样。死沉死沉的，让谁都不舒服。但为了上到快乐的高处，弗雷德总是愿意忍受被人提起的不快，因为，没错，他愿意忍受痛苦得多的不适——比如说扎一嘴豪猪刺，只要最后能搞到好处。

一旦他上床了，他就舒服地摆出他看鸟的姿势，舒适地靠着一个枕头，尽可能近地靠近窗口，他淡棕色的大眼睛里闪动着期待和科学知识。他似乎从来不会厌倦自己的工作。他专注看着的样子甚至让人觉得他是司法部的特工。看到一只啄木鸟或者椋鸟飞起来，他会转头快速地汇报。

"我刚看到了一只鹰飞过，"他会说，"他抓着一个婴儿。"

这不能算是撒谎。弗雷德在很多方面就像个孩子一样，总是要把事情夸大到能满足他的想象力和他对冒险的热爱为止。他就是狗里的塞西尔·B. 戴米尔①。他也是个狂热分子，而现在和我挤在一张床上的民主党人之一引用的一句话刚刚才让我想起了他——艾奇逊引用了布兰代斯②的一句话。"对自由最大的威胁，"布兰代斯先生说，"潜藏在狂热之人阴险的慢慢破坏中，这样的人有好的出发点，却不明白自己在做什么。"弗雷德在每一只

① 塞西尔·B. 戴米尔（Cecil B. deMille，1881—1959），美国电影导演和制片人，擅长使用宏大的场面吸引观众。
② 路易·布兰代斯（Louis Brandeis，1856—1941），美国法学家和最高法院法官，是第一位出任最高法院法官的犹太人。

鸟、每一只松鼠、每一只苍蝇、每一只田鼠、每一只臭鼬，还有每一只豪猪身上都能看到一个安全隐患和现下就威胁他的共和国的危险。他给几乎所有的活物都建了档案，甚至还有几样死物也不例外，包括我儿子的足球。

虽然鸟让他着迷，可当他看着窗外遮荫的大树时真正希望的是一只红松鼠会出现。当他看到一只松鼠时，弗雷德会从他靠着的枕头上直起身来，浑身绷紧，然后，过了一会儿，开始颤抖。他前爪的脚趾关节，因为年老变得不稳定的关节，会仿佛开始要抽搐一样，他会坐在那里，眼睛仿佛粘在松鼠身上，而他的两条前腿会交替着吃不住劲然后又重新支撑住他的体重。

我发现想要传达这位不怎么光彩的老义警的奇怪特点并非易事。这位我过去的，而且有时会怀念的伴侣。他到底和其他那许多我曾经养过的狗有什么不同，以至于他不停地回归，事实上，搞得仿佛他并没有真的死去？我妻子过去常说弗雷德对我极度热爱，在某种意义上他的确是，可他的热爱是一个投机分子的热爱。他知道在农场上我是从整体来看问题，会大胆地从一个麻烦的地方去到下一个麻烦的地方。他爱这种工作爱得不得了。

他习惯的不是忠诚地跟在我身后，像一只柯利犬会做的那样，给我士气上的支持，有的时候还有真正的支持。他经营着一个属于他自己的解决麻烦的生意，也会通常在我之前赶到现场，朝天鸣枪示警，把麻烦变得更麻烦。"忠诚"是一个我永远不会想到和弗雷德有关的形容词。他和大多数狗不一样的地方在于他更倾向于击溃而不是壮大他主人的自尊。在他长得够大、不再像小狗一样嬉闹以后，他再也没有跟我或者别的人亲昵过。唯一可以发现他摆出暗中示爱的样子的机会，是当我坐在我们车的驾驶座上时他会把沉甸甸的头搁在我右膝盖上。而这，我很快就发现了，并不是爱，是因为他犯恶心。接下来永远是大淌口水，而且这整件事都极其地不方便，因为他脑袋的重量会让我把油门踩得太重。

弗雷德一生都献身于让我泄气这一事业，也取得了极大的成功。他和我们家庭的联系，虽然没有沾染上一点爱，但仍然是强烈而活跃的。其实就是他在我们这些人身上，在我们的活动里找到了那种复杂、无序的陪伴，这样的东西能激发他的想象力,满足他对混乱和搜寻真相的需要。在他制服了六只还是七只豪猪之后,我们意识到他和豪猪的私人战争是件昂贵的无聊之事,于是我们开始把他拴起来了,把他拴在手边的任何树或者轮子或者木桩或者原木上,以防他溜走,跑到树林里。我想到他时,他永远是被拴在一根大号的绳子头上。弗雷德对这种限制厌恶之极,但他还是用上千种小把戏来让自己的时间好过一点。他从来不会就躺在那里不动。在他狗绳的范围内,他会继续探索、解剖、采集植物、进行尸检、挖掘、实验、没收别人的财产以及品尝、咀嚼和反刍。他没有任何沉思的生活,可是他一贯相信,在最普通的石头之下和最奇形怪状的浮木背后藏着最刺激的冒险和拯救国家的机会。

不过该说回我其他的床伴了,这些敏捷的民主党人。他们是大个子、结实的人,个个都是,他们还都忙着写作、讲演和把真相嗅闻出来。我不是故意要在自己的床单上摆满同一个政党的成员,他们都是靠发表文章这个巧妙的手段包围了我。三个人都说了让我感兴趣的东西,所以我在床上给他们腾了地方。

杜鲁门先生，在最近一期《纽约时报》里发了一篇回忆文章，他说媒体在 1948 年卖身给了"特殊利益集团"，九成的媒体都对他参选抱有敌意，扭曲了事实，导致他在那段时间支持率低下，还试图阻止他在竞选活动时把信息传递给人民。这番大胆、可疑的言论引起了我的兴趣，因为他是半个真相，而半个真相总是让我兴奋。一个诱人的半个真相落在一个人的床上时就像一块饼干渣一样让他极其烦心。我本人是媒体的一位二线成员，而且也确实是为特殊利益集团工作的，我倾向于认为杜鲁门先生的悲观陈述包含的是一大块纯粹的怒气。1948年，杜鲁门先生搞了一趟热闹的小站快闪拜票之旅①，比他的对手要努力五倍。"共和党控制的媒体和广播"几乎报道了他说的一切，也经常在他们的社论和评论里发出粗鲁的嘲笑。上百万勤劳、忧心的美国人听到了也读到了他说的话；然后他们对比了他的话和那些社论；然后

① 政治宣传的一种手段，政治家乘火车在短时间内密集到访多个小城镇并发表演说。

他们默默走进了投票站选他连任了。然后他们听到了卡滕伯恩①。然后他们听到了杜鲁门模仿卡滕伯恩。1948年反对派的批评不是什么坏事，也不是什么有破坏力的事。他是健康的（在我们这种社会里），也是必要的。没有媒体、广播和电视，杜鲁门总统不可能像他做到的那样接触到那么多的民众。有些发表的新闻是被扭曲的，但扭曲是党派新闻不可避免的，就像在政治集会里一样。我还没见过任何一篇文章，不论是政治还是非政治的，不带任何偏向。一切写作都和他们的作者偏向同一个方向，虽然有很多人生来是正直的，没有人生来就是垂直的。美国自由媒体的妙处就在于那些偏向、歪曲和扭曲来自如此多不同的方向，而特殊利益集团又有如此之多，读者必须要筛选、分类、检查还要再检查才能搞清楚情况究竟如何。他就是这么做的。而只有当媒体的歪曲都来自同一个源头，比如说一个由政府控制的媒体系统，

---

① 汉斯·冯·卡滕伯恩（Hans von Kaltenborn，1878—1965），美国著名广播评论员，他在 1948 年的总统大选直播中过早判断杜鲁门的对手托马斯·杜威会获胜，最后不得不改口宣布杜鲁门获胜。

那么读者才真的赢不了。

民主党人老是抱怨媒体过分支持共和党，的确是这样没错。但他们从来不做唯一一件可以改变这个局面的事：他们不自己做出版生意。民主党人说他们没有那么多钱，可我恐怕他们是没有那种品性，或者说，胆量。

阿德莱·史蒂文森对批评的态度几乎和哈利·杜鲁门截然相反。在《哈泼氏杂志》里，史蒂文森说："……我很清楚在很多人的头脑里'批评'今天已经变成了一个陋词。他几乎已经变成了'大不敬'。他召唤出的画面是阴险的激进分子在大力挖砍美国生活方式的基础。他暗示的是不从众，而不从众暗示的就是不忠诚，而不忠诚则暗示了叛国，就这样，在我们还没明白状况的时候，这个流程几乎就已经把批评者等同为破坏分子，把政治批评变成了非美国活动而不是民主最强大的护盾。"

以上的言论让我感兴趣是因为我同意他，而人人都为自己同意的东西着迷，尤其是当他生病卧床的时候。

艾奇逊先生，在他那本激动地表达党派政治观点但也保持了克制的书里，花了不少篇幅讨论 1947 年民主党执政时启动的忠诚—安全程序，这些程序自此已经改变了我们的生活。这个主题让我感兴趣是因为我和作者一样相信，当安全体系扩张的时候，安全程度反倒会下降。安全体系要的是一支秘密警察。起初，这种设置只是为了保护我们不受窃取了敏感职位的不合适人选的伤害。然后他飞速扩张渗透到了非敏感区域，最终把手伸到了商业和工业领域。正是在秘密警察的档案里，不从众才会微妙地变形成不忠。秘密警察制度首先会动摇一个自由社会，然后给他脱水，最后再让他钙化。我认为最近伊斯特兰分委员会①对媒体进行的忠诚度调查是件让人非常不安的事。他似乎认定国会有权在一家报纸的办公室里东翻西翻，也有权通报管理层哪些员工是没问题的，哪些员工不行。这样的程序让立法者推门见到了迷人的前景。如果他变成了一种广为接受的行为，他会导致巨大的滥用。在极端的情况下，他会毁掉自由媒体。

---

① 指美国参议院"内部安全分委员会"1950 年代的反共调查。这一委员会的主席是詹姆斯·奥利弗·伊斯特兰（James Oliver Eastland, 1904—1986），他长期担任密西西比参议员，是美国南方保守主义的重要人物，反对结束种族隔离。伊斯特兰传唤《纽约时报》的员工出席听证会证明自己没有参与共产主义活动，引起了媒体的广泛批评，认为他干涉了舆论自由。

忠诚这个话题也和弗雷德有关，他今天早上比平时更重地靠在我身上。弗雷德对自己非常忠诚，就像每一个极端个人主义者肯定是的那样。他保有一些不可动摇的信条，就像哈利·杜鲁门一样。他绝对相信自己是掌握了真理的。因为他对自己忠诚，我觉得他的古怪是可以接受的。其实他为整个家庭的健康和安全做出了很大的贡献。自从他离世之后一切都不对劲了。他的观点大多都是些反对意见。然而他的撕咬分隔不知怎么的让我们团结在了一起。他的干扰让我们变得更强大。他的批评让我们知道了更多。通过他丰富、气味熏人的异端信仰，他滋养了我们的信仰。他也是个该死的烦人精，我可不能忘了这一点。

"信仰"这件事最近又出现在报纸里了。艾森豪威尔总统（我现在要挪到一边欢迎一位共和党人和我其他的访客一道挤到床上来）已经公开支持祈祷了，还强调大多数美国人都是由宗教信仰驱动的（他们肯定是这样）。《先驱论坛报》报道这件事时加的标题是《总统说祈祷是民主的一部分》。这样一个源自政府首脑的论断所暗示的，就是宗教信仰是民主生活的条件，甚至是前提。这根本不对。总统在任何时候任何地方只要他想祈祷就可以祈祷（大多数总统的祈祷都又用力又冗长，有些还是在绝望和痛苦中祈祷的），可我不认为总统应该推广祈祷。那就不是一回事了。民主社会，如果我对他有任何一点理解，是一个不信教的人会觉得不受干扰也很安心的社会。就算美国只有几个不信教的人，他们的幸福就会是考验我们这个民主社会的测试，而他们的安宁将会证明我们的民主。本届政府反复暗示宗教信仰是美国生活方式的前提这点令我不安，我也愿意打赌，这也令很多别的公民不安。艾森豪威尔总统提起了他在 1953 年的就职祈祷之后收到的极其赞成他那样做的邮件。他也许没有意识到的是那些为这件事感到紧张或者不安的人是不太可能给他写信的，以防他们看起来太不守规矩，没有宗教信仰，不虔诚，或者甚至不像美国人。我很清楚地记得那次祈祷。我不介意他，虽然我从来没能借助电波祈祷过，我也怀疑我永远都做不到。但我还是能看到总统是诚恳的，做的也都是对他来说非常自然的事，而任何人自然地行事在我看来都没有问题。我相信我们的政治领袖应该有信仰地生活，也应该通过行为或者有的时候通过祈祷，展示他们的信仰，但我不认为他们应该推广信仰，哪怕是因为这样的推广会让有几个人不舒服。民主社会关心的就是没有任何诚实的人会觉得不舒服，我不管他是谁，或者他有多疯癫。

我希望信仰永远都不会变成强制的。我们的国父之一在1787年说："即使人民中的恶疾也应该被代表。"[①]这是奇怪而高贵的话，而他们也留存到了现在。他们昨天还出现在电视上。我不信任哪怕最隐晦的要有政治正确标准的暗示，因为我知道他会为掌权的人随意指定人类行为的标准铺平道路。弗雷德就是个不信教的家伙。他不崇拜任何个人的神，任何至高的存在。他肯定是不崇拜我的。如果他突然开始崇拜起我来，我觉得我应该会感觉非常奇怪，就像那天上帝的感觉一样，当时一位

---

① 这是乔治·梅森（1725—1792）在制宪会议期间的发言。梅森虽然没有在美国政府中担任过高官，但是他参加了1787年的制宪会议，草拟了宪法的许多条款，坚持要在宪法中保护个人自由，也反对奴隶制，最后甚至因为不同意宪法对奴隶制的妥协和不认同过大的联邦权力拒绝签字通过宪法。

加州的牧师在一次民主党人的集会上念宣召词的时候说："我们相信阿德莱·史蒂文森是您所选的美国总统。阿门。"

我尊重弗雷德的怪异，这种无法遵从犬类通常的宗教情感标准的怪异。而在我们家这个过去是、现在也是的微缩民主社会里，他不受干扰地生活着，和他的良心也不起冲突。我希望我的国家永远都不会变成一个不信教的人会觉得不舒服的地方，因为他可能很容易就会变成这么个地方，如果我们把祈祷认定为合格公民的要求之一。我妻子，一位关注精神生活但不怎么祈祷的人，读过艾森豪威尔先生在《先驱报》上号召大家祈祷的话之后说了句我将永远不会忘记的话。"也许他不是什么大事，"她说，"但这是我这辈子第一次在我自己的土地上觉得自己像一个外人。"

民主本身就是一种宗教信仰。对某些人来说他基本上就是他们唯一信仰的正式宗教了。于是当我看到正统论的第一缕淡淡阴影扫过天空时，当我感到他第一丝遮人眼目的雾气从海上偷偷涌来时，我全身都会发抖，仿佛刚看到了一只鹰掠过，爪下抓着一个婴孩。

不管怎么说，床上还是挺舒服的——和这些和蔼的民主党人还有共和党人挤在一起，他们各个都是认真的人，床上还有这些杂志和剪报，还有弗雷德，他在看着冬日空中的椋鸟，也还怀有对又一个大选之年的期待，这一年会有足够多的激情、扭曲、反叛、过分言行和特殊利益。弗雷德就死于不知节制的生活，如果我也是这么死的，我不介意。我喜欢读到所有这些——他们大多是冷静、经过深思熟虑的话——来自这本持续增厚的民主之书的文字；艾奇逊关于安全的话，杜鲁门关于媒体的话，艾森豪威尔关于信仰的话，史蒂文森关于批评的话，所有人都激情澎湃地写着，所有人都在努力改善、救护或者让那个一开始就是如此神奇地建构起来的体系处于良好的运转状态中。这才是真正重要的。这是床上的疯人院。正如史蒂文森所言："……没有哪一个文明有过如此挥之不去的感受，体验过一种可以理解并实现的究极的善与理智的秩序。"这让我等不及要起床迎接新的一天，就像弗雷德过去起身迎接他的一天一样，他全身心地坚信依靠警惕和认真工作，所有的豪猪，所有的猫，所有的松鼠，所有的苍蝇，所有的足球，所有空中邪恶的鸟都会受到惩罚，而世界会变成讲道理的个体——也就是，他自己——感到安全和舒心的地方。不论他对美丽世界的疯狂愿景有多么扭曲，也不论他想要杀掉每一种自己认为邪恶的生物，从而建立美好秩序的计划有多么变态，我必须承认他有一点做得不错：他真的在努力实现它。

附言（1962年6月）。 这篇关于祈祷和弗雷德的文章在刊登之后引来了巨量来信——至少我觉得是巨量的。（我管一年六封信就叫巨量来信了）。有些信是来自那些和我一样对于推广祈祷感到不安的人，但他们在犹豫要不要对这个问题说点什么。还有些是读者在抱怨我刻画的弗雷德的性格（半是警惕，半是叛逆）是矛盾的，或者至少是不清楚的。我猜这种抱怨多少有点道理：这篇文章并没有像我预料的那样把意思传达得那么清楚，但没有哪篇我写的东西能做到这点。

在 1960 年的总统大选里，信仰和祈祷退到了后排，首要的问题变成了一个天主教徒①是否可以入主白宫或者这么做是不是太过头了。再一次，选民们研究了《每日马报》《华尔街日报》《基督教科学箴言报》，他们把吹过共和党控制的媒体的风过了筛；他们盯着电视这个水晶球看；他们上教堂恳求指引；而最后他们决定一个天主教徒也能当总统。这是段值得记住的时光，值得拍照的结局，总的来说是一次有益健康的锻炼。

麦卡锡时代咽气才没多久，紧跟着他的又是伯奇协会②时代了（时代在美国变得越来越短了——他们中的有些似乎就持续了几天），然后我们再次发现自己又要和一群提议要建立政治正确标准的人共处了，我们又再一次发现有"义士"在忙着编制名单，决定谁爱国不爱国。在此刻的 1962 年，保守主义是首要的、新的正确东西，而"自由派"成了个贬义词。在那些每天早上送到我早

①　即肯尼迪。在美国这个传统的新教国家，天主教徒传统上被认为是不可靠的。
②　约翰·伯奇协会，创立于 1958 年的美国极右翼政治组织，以传播阴谋论著称，由商人罗伯特·韦尔奇创立。

餐桌上的报纸里,自由派通常被称为"所谓的"自由派,影射他们可能比"自由派"这个名字所暗示的还要糟得多,是些非常阴险的人。那些伯奇分子,幸运的是,没有占据一个好位置,所以不能制造耸人听闻的新闻标题,不像麦卡锡参议员过去做的那样,他因为是一个参议院委员会的主席,就可以把报纸的头版变成绞架,每一天都挂上去一个新的倒霉蛋,帮助他的是一个我有时觉得没有必要如此配合地捐献他的版面来宣扬这种残酷仪式的媒体。

祈祷又成了大新闻,因为最高法院对纽约学校祈祷案下了判决。看人民的剧烈反应,你还以为最高法院干的是扼杀美国宗教生活的勾当,而这个国家也就要完蛋了。可我认为最高法院再次听清了那个让我们的宪法变得高贵的简单主题,那就是没人应该因为自己的不从众而觉得不舒服或者不安全。纽约州政府,虽然有着世界上最好的本心,但还是在公共学校生活里制造了一个温柔的正统时刻,而在这里或者那里总有一个被排挤的孩子,承受着与人不同的耻辱。我们的宪法关心的正是这一个孩子——他的安宁，他的健康，他的安全，他的良心。他是个善良的古老文件，而靠着一次又一次的阐释，他是多么耀眼地闪耀着！

去年秋天的一天我信步走下了果园，走进了林子里去拜访弗雷德的墓。树都秃了；野苹果无耻地挂在那些早就占领了苹果树的葡萄藤上。那个旧垃圾场——他早已废弃不用而且在绿叶繁盛的月份里就从视野里消失了——现在坦诚地露在那里——生锈的瓶瓶罐罐，还有各种别的东西。刺灌木扎起人来没有那么厉害了，空气很好，而这个长满树的小山谷，通常是刻薄又不体贴的，看着也高级了起来。弗雷德的墓碑，通常是躺倒的，现在直挺挺地立着，我猜他是不是终于消停了。我突然觉得有点紧张，就是那种活人有时在死人面前会觉得的紧张，而且我的紧张一路传到了我的膀胱里。我不光没有献上花圈，反倒是浇灌了一棵赤杨，然后就走了。

这座墓是唯一一座我会经常造访的墓——其实他是唯一一座我会造访的墓——我有亲戚躺在全国各地的公墓里，可我没有感到任何回去探望他们的冲动。让我感到奇怪的是我经常会回去的地方居然是在私人垃圾场的隔壁、埋葬着一条老狗的破烂林地。除了这是一趟简单的出行（我不需要为之作任何准备）之外，他也是一次自然之旅——我其实去那里是为了看看一切怎么样了（弗雷德自己，在他还活着的时候，每天都会去那个地方侦察一番）。当我在那边时，我不会感到难过，我也不是去纪念死者。我感到的是一种和那座坟墓或者埋在其中的狗无关的囊括一切的哀伤。我在那个粗糙的墓地里常常感觉好得不得了，有的时候还能惊起一只鹬鸪。但我也为所有一切终末之物感到哀伤，这也许完全是种自私的，或者自反的情感——不是因为我的狗的死亡而难过，而是因为我自己的死亡，虽然他还没有发生，但是在如此怡人的环境里想起这件事就令我难过。

一份相似性研究报告

在我最近偶然在报纸上读到一篇描写赫鲁晓夫主席的文章之前，我从来没有意识到他和我有多相似。这个家伙原来和我就像一个模子里倒出来的一样。我们生活的规律几乎是一模一样的，说不清是我还是他。我想证明这种令人惊讶的相似最好的办法就是举出相似的地方，一个又一个地，照它们在这篇新闻报道里出现的顺序，这篇新闻此刻就在我的桌上。按这篇报道里说的，赫鲁晓夫是个"全心顾家的男人"。啊哈！还能有别的词更适合用来描述我吗？自从我 1929 年结婚之后，我和家人一起度过了无数的时光，还完成了数不清的关爱小动作，比如摇晃医用温度计然后意外地把它砸到了我们结实的陶瓷洗脸盆的边上。我对家的全心投入是如此著名，已经不需要再强调了。其实当人们想起我时，跳进他们脑子里的第一个词就是"全心顾家的男人"。没有几个丈夫，不论是在美国还是在苏联，可以像我一样待在家里，日复一日，也从来不去别的任何地方，没人比我一直在家的时间更久或者更全心顾家了。有时其实与其说是全心顾家还不如说纯粹是好奇——等着发现像我家这样的家庭里接下来会发生什么乐子。不过这也没什么不对，如果主席先生所谓的全心顾家的一部分只是好奇而已，我是一点也不吃惊的。任何一个对家庭生活戏剧的徐徐展开失去兴趣的丈夫都不是个合格的丈夫。

赫鲁晓夫，照这篇报道里说的，"喜欢和他的五个孙辈一起在林中散步"。这里，我必须要承认，我们之间有一点不同了，不过它是个小问题：我只有三个孙辈，而且其中之一还不能去林中散步，因为他是去年6月24号才出生的，到现在还没学会走路。不过他已经有过多次不错的尝试了，等到他可以走路的时候，树林肯定是他会去的地方，只要他像他的哥哥史蒂文、他的姐姐玛莎，还有，当然，像我一样。我们都喜欢树林。就连艾德·韦恩①都

_____

① 以赛亚·埃德温·利奥波德（Isaiah Edwin Leopold, 1886—1966）的艺名，他是美国著名广播剧播音员和喜剧演员。

不如我和我的孙辈们更喜欢树林。我们一有机会就去林中漫步,高高兴兴地一路跌跌撞撞地走着,被风吹落的果实绊倒,闻闻缬草,还要去招惹林中的鸦。我们会注意到野苹果树下鹿躺过的地方,我们也会观察红松鼠啃掉云杉芽头的鳞片。我花在和孙辈们一起在林中散步的时间是一段快乐的时光,我希望尼基塔在那些到处都是熊的奇怪苏联森林里也用他自己奇怪的苏联方法享受了同样快乐的时光。去年冬天一个明亮寒冷的早上,我带着我的孙辈们穿过厚厚的积雪去了林子里,去看我们给厨房里的炉子砍柴火的地方(我也许不该提到这点,因为我猜赫鲁晓夫的妻子在她家有一个现代化的燃气或者电炉,而不是一个老旧的烧木柴的炉子,像我们美国人一样)。书归正传,玛莎摔了十七次,而史蒂文则消失在了一丛小白杉树之中,一旦他们如此分散开之后,找到这些孩子把他们安全地送出树林就费了我好大的劲。他们还小,这就是主要的问题。如果还有别的,那就是他们太喜欢树林了。这篇新闻报道还说赫鲁晓夫过着"非常繁忙"的生活。我也是。我弄不明白为什么我一直这么忙；这么忙看起来蠢极了，也是违背我的原则的。但我知道一件事：一个人不可能又想养牲口又想整天坐着不动。比如说，我刚刚设计制作了一个牛陷阱，用来出其不意地抓住一头赫里福德牛①。单单这个任务就让我整整两周从早忙到晚，因为我造东西只能说还不错，而这个陷阱还有好几个问题。在被造牛陷阱这件事缠住之前，我在忙着照料两只矮脚鸡，其中一只在一个苹果盒子里趴在十颗蛋上，另一只在一个装过钉子的小桶里趴在十三颗蛋上。这让我折腾了（"非常繁忙"）有三个星期。不过这是非常有成就感的工作，而且大部分工作都是小母鸡们完成的，在那个古旧可爱的谷仓里，在宁静夜色的关照之下。在这之前是收干草。在收干草之前是看小孩——在我儿媳妇住院生约翰的时候。而在这一切之中，我自己还去了趟医院，在那里当然我变得比任何时候都忙。从来没有过比这九天更忙的时候。我不知道在俄国是怎么样，但是在美国医院里他们给你安排的工作简直让人不敢相信。有一天晚上，在令人疲惫地应付了硫酸

——————————
① 原产英国赫里福德郡的著名肉牛品种。

钡和它的朋友们一天之后，我还得熬夜到凌晨三点修改一份医生给我的小册子——这是他写来给医院筹款用的。相信我，那天晚上我瘫进被窝的时候是真累了。就像赫鲁晓夫一样，我忙得滴溜溜转，不论是生没生病。

赫鲁晓夫的妻子，报道里说，是一位"教师"。我妻子碰巧也是一位教师。她不是在学校里教书的，她教作家们如何消除美国写作手稿里的些微不完美之处，它们总会神奇地出现在手稿里，不论这位作家怎么努力。她已经教这个教了三十四年了。如果把它们头尾相连，她教作家们从手稿里清除的瑕疵可以从明斯克一直连到库恩拉皮兹①。我很清楚在苏联手稿是不会有瑕疵的，但它们在这个国家里就是有，而我们只能尽可能地做到最好。不管怎样，赫鲁晓夫夫人和我妻子都是教师，这才是最重要的，又显示了赫鲁晓夫和我之间惊人的相似。

原来赫鲁晓夫有一个女儿是一位"生物学家"。啊，看在上帝的分上！我有一位继女也是生物学家。她在耶

---

① 明斯克是白俄罗斯的首都，而库恩拉皮兹则是美国中西部明尼苏达州的首府明尼阿波利斯的北郊城市，它的字面意思是"浣熊湍流"。

鲁念了博士，然后当了摩拉维亚女子神学院科学系的系主任。就说是不是一个模子倒出来的！凑巧的是同一位继女还有三个孩子，虽然他们严格说起来不能算我的孙辈，但他们的确会和我一起去林中散步，于是就让去林中的孙辈大致上算是到了五个，从而又增加了我们之间惊人的相似度。

赫鲁晓夫的儿子是一位"工程师"，报道上这么说的。猜猜看我儿子是从哪个大学毕业的？到现在你肯定觉得我在吹牛皮了，但他的确是从麻省理工学院毕业的。他还没能够发射过一枚火箭，但他已经催动过许多条船，而且我上次见到他时他手里还拿着月球——或者那是个指南球？①

"在赫鲁晓夫能够挤出来休息和放松的不多的几个小时里，他通常都是和家人一起度过的。"又是和我一样的。我希望当需要休息和放松的赫鲁晓夫想在他家正中的沙发上躺一下时，他不会发现一条狗已经捷足先登了，

---

① 航海和航空业广泛使用的球形指南针，可以不受船和飞机倾斜的影响指示方位。

而他躺在了狗身上。那就是我休息时最大的问题——那条遭瘟的狗。他觉得沙发是比卫星还要棒的发明，而我也倾向于同意他。不管怎样，在我能挤出来休息的几个小时里，我要的只有家庭生活。非常偶尔的时候，我会偷偷溜到河边，在船上瞎搞一阵，离开家庭一小会儿，不过我猜每个男人都会有这么做的时候。也许甚至赫鲁晓夫，尽管他是个全心顾家的人，也会难得独自走开一阵，让人别来烦他了。

你已经可以看出我们两个是有多惊人的相似了，但你其实连一半都没听到。在放假和在周日的时候，报道里说，赫鲁晓夫会"去打猎"。那也是我会去做的事。报道里没有说赫鲁晓夫去猎什么了，我也就不瞎猜了。至于我，我在草坪边的多年生花带里猎槌球。有的时候我猎虱子。我在覆盆子丛里猎小母鸡的蛋。我猎耗子。我猎刺猬。我猎我妻子的老花镜（它们在她居家袍子的口袋里，任何精明的猎人都知道它们在那里）。我们都是老猎人了，赫鲁晓夫还有我！

赫鲁晓夫"从小狂热地爱读书"。又和我一样了。我从小就狂热地读着书。有很多书的名字我都不记得了，但我读过很多书。我不光狂热地读，我还慢慢地，痛苦地，一个字一个字地读，就像个孩子读书那样。于是我读过的书的总数比不上大多数人读过的总数，也许比主席先生读过的书也要少。但我们俩都是狂热的读者。

再听听这个："赫鲁晓夫先生是科学家、作家和艺术家们的朋友。"这正是我的情况，或者说困境。不是所有的科学家、作家和艺术家都把我算作他们的朋友，但我的确对作家弗兰克·苏利文、艺术家玛丽·佩蒂、科学家约瑟夫·T. 沃恩、美丽的作家梅芙·布伦南、艺术家卡罗琳·安杰尔还有年轻作家约翰·厄普代克①都心怀友善——这个名单实在太长了，没法都写到纸上。作为作家、艺术家和科学家们的朋友有让人紧张的时候，但总的来说还是种不

---

① 弗兰克·约翰·苏利文（Frank John Sullivan，1892—1976），美国幽默作家。玛丽·佩蒂（Mary Petty，1899—1976），美国插画家，《纽约客》的插画和封面画家。约瑟夫·T. 沃恩（Joseph T. Wearn，1893—1984），凯斯西储大学医学院院长，怀特在缅因州的邻居。梅芙·布伦南（Maeve Brennan，1917—1993），爱尔兰短篇小说家和记者，1934年移居美国，1949年起在《纽约客》工作。卡罗琳·安杰尔（Caroline Angell，1948—2010），怀特的继孙女，后成为安迪·沃霍尔研究者。约翰·厄普代克（John Updike，1932—2009），著名美国作家，作品多反映美国小城市中产生活，1950年代曾在《纽约客》工作过两年。

错的生活，我也没有什么好后悔的。我猜，或许在美国当作家和艺术家们的朋友有趣的一点是你不会提前就知道他们在做什么。揣测他们接下来要说什么实在太好玩了。

另外一处相似的地方：赫鲁晓夫先生，照这个新闻报道里说，"把很大一部分精力都用来关注美苏关系"。我也是。这就是我此刻正在做的事情。我正在尝试用我和他之间惊人的相似来证明的确是有机会来改善两国关系的。有一次，很多年以前，我甚至还写过一本关于国际关系的书①。我当时有点不安，那本书也有点不现实，也缺乏必要的知识，但它本意是好的，而且它还解决了诸如月球是否应该在安理会上有席位这样的问题，我仍然觉得我当时说的东西本质上是没有问题的，不过我不确定那个时机是不是合适。尽管如此，我还是国与国之间更好关系的坚定倡议者——赫鲁和我都是。我不认为现在的国家在用正确的方式处理这个问题，不过那是另一回事了。

"不论赫鲁晓夫有多忙，"这篇报道说，"他总是会抽出时间来见美国人并和他们坦率地讨论当代世界的问

———————————
① 即上文提到过的《野生的旗帜》。

题。"在这个方面，他简直就是另一个我。拿昨天来说。我在忙着写东西，然后一个美国人大胆地走进了房间里，我在那试图完成一篇我一年多以前开始写的文章，而如果不是因为这样或者那样的干扰，我好几个月之前就应该完成了，但我又能怎么办？我把所有东西往旁边一推，和这个美国人聊起了当代世界的问题。结果他对此几乎一无所知，而上帝知道，除了我用自己眼睛看到的东西以外，我对这些问题从来也不是很了解，但是我们依旧聊得火热。我从来就没有忙到过不能见美国人的地步，或者也没有哪个美国人忙到不能见我的地步。真的，他们直接就把车开进我家的车道，停下车从里面出来，然后直接就开始聊起当代的问题，尽管我以前从来没有见过他们。我没有赫鲁晓夫那样的保护。我的狗会欢迎任何美国人，不论白天还是晚上，而要是一条狗都比我还要有礼貌，我又成什么人了？

　　赫鲁晓夫先生，这则报道继续说，"精通农业知识也关心具体的农业工人"。我的老天爷，这不又和我一样了吗。我已经学习了如此多的农业知识以至于我已经发明了一种给在谷仓地窖里的母牛（旁边还有个小牛犊）喂水而不用下楼梯的方法。我太老了，拎不动一桶十二夸脱的水下楼梯了。我把马缰绳拴到水桶把手上（用的是双套结），然后从地板上的一个活门里把水桶放下去。我在天黑之后才这么干，那时牛已经渴了，而周围也没有其他人。只有一个人撞见过我这么干——我的孙女。她看得很着迷。埃尔斯沃斯，我的牛，她熟悉这套操作，她和她的牛犊子会站起来走到水桶旁边，然后她会开始喝水，发出长长的、响亮的吸水声，同时我手电筒的光会把母牛和水桶都照在光圈里。直接从上面看下去，就隔着四五英尺，这是个非常可爱的场面，简直就像在教堂里一样——大大的头和角，放平的把手，松开的绳索，还有被这神圣的光吸引过来的好奇牛犊，想知道这到底是什么，还会紧张地闻闻水桶的边缘。这可真是，像我说过的，对我来说是一个可爱的、安宁的时刻，同时也是我的农业知识的证明。至于赫鲁晓夫关心的具体的农业工人，他也时时在我心头。他的名字是亨利①。

---

① 亨利·亚伦，怀特在缅因农场上不可或缺的帮手。——原注

好了，我们之间的相似点就基本上到此为止了。也许值得说明的是赫鲁晓夫和我也不是完全一样——我们之间也有不同的地方。他体重195磅，我是132磅。他掉的头发比我多多了。我从来没有往月亮上扔过东西，哪怕是生气的时候。我从没有屏蔽过无线电信号。我从来没有倡导过和平和友谊；我的希望是押在法律和秩序上，押在代议制政府的逐渐增加上，押在民主国家最终成为联邦上，还押在主权国家的僵硬导致的政治混乱的终结上。我也从来没说过我要埋葬美国，或者因为说了这句话接受了二十一响礼炮致敬。我觉得，其实，美国不应该被埋葬。（我喜欢早上有《纽约时报》和晚上有月亮。）但这些都是小的不同，很容易就因为革命、战争、死亡或者是环境变化而变得一致。重要的是赫鲁晓夫和我都喜欢和我们的孙辈一起在树林里散步。我好奇他是不是注意到了最近树林变得有多暗了，阴影越来越深，群鸦也沉寂了。我希望树林更多还是它们过去的样子。我希望它们是它们本应该可能的样子。

团结

在《团结》发表之后，犹他州参议员弗兰克·E. 摩斯建议将它加入《国会议事记录》①的提议获得了一致同意。"总统先生，"他说，"很久没有人能够把一件事关国计的大事写得如此深入透彻了，最后得出的分析每一行都伴随着无法抵赖的真理和权威的声音……这篇文章，在我看来，是不论那些相信维持现状还是不论有没有清楚的目标都要开始行动的人都必须要读的……愿它能够在全国各地被不同年龄和不同政治信仰的人们所讨论。"这篇散文被列入了 1960 年 6 月 29 日的《国会议事记录》。

1899 年，我出生那年，一场和平谈判正在海牙举行。我不记得它是因为什么，但在那之后已经有过两场令人难忘的战争了，而我现在已经六十岁了，和谈在我一生中都在断断续续地进行着，其中的某些试图解决裁军这个问题。在写这篇文章时，五个东方国家和五个西方国家正在研究裁军，希望能取得和平②。最新的消息是他们正陷入僵局，这是进行军备谈判时各国的自然状态。苏

---

① 美国国会辩论和议程的记录，在议会召开期间每日出版。
② 指十国裁军委员会，现联合国裁军谈判会议的前身。

联已经建议他们"从头开始"了。

在东方想要它怎么做它就几乎全盘照做这方面，西方是真的有天才。我们去了巴黎，然后震惊地坐在那里看赫鲁晓夫拎着一只猫往墙上撞①。我们去了日内瓦，然后认真听着苏联把自己包装成全面核裁军以及和平的缔造者。我们急匆匆地赶到联合国安理会的会议室，然后认真地辩白我们没有采取"侵略"行为。我们和英国一起参加了玛格丽特公主的婚礼，而第二天我们就和英国分道扬镳，重新相信我们会在最后一分钟取得外交一致。我们用"和平"这个词的方式是按照东方的喜好来的——在总统正式演讲的最后一段，前面还有"公平"和"持久"这样的形容词，仿佛和平是什么珍奇的宝石，一旦发现了就能永久地解决所有麻烦。我开始有点受够了替东方跑腿然后摔进东方挖好的陷坑里，我希望我能踏上一段不同的旅程，头上还有个好预兆。

一段时间之前，麦克莱伦参议员在福吉谷②的一次讲演里说"自由幸存之唯一希望"是道德、精神、政治、

①　1960 年英美法和苏联领导人原定 5 月 17 日在巴黎召开峰会讨论东西柏林问题，然而在 5 月 1 日苏联击落了一架美国的 U－2 侦察机，美国先拒绝承认，后来在苏联出示照片证据后承认。5 月 16 日赫鲁晓夫在峰会上要求美国道歉并保证不再侵犯苏联领空，艾森豪威尔拒绝道歉也拒绝给出任何保证，赫鲁晓夫愤而离场。
②　费城郊外西北十八英里处，美国革命期间大陆军从费城突围后的驻扎地，现为国家历史公园。

经济和军事的力量。（他应该再加上"智识的力量"。）幸好自由，如果真的有这么个实体，在参议员列出的五种配料里有四样都不用愁。自由有强大的道德力量。自由有精神力量。自由经济实力强大——在美国和在其他许多资本主义国家里。它的军事力量也强大。可它很不幸地缺乏政治力量，因为它享受不到政治团结的好处，它也没有设定航线试图取得团结。两个自由国家，虽然它们在危机时刻会并肩用力，在外交上却很疏离。两个自由国家不得不像在击剑一样处理彼此的事务，其实他们的确就是；要有格挡和刺击，偶尔脱下面罩微笑握手，试探一下双方彼此的人气和善意。在最近巴黎发生的事情之后，以及在那个晚上的瘀伤之后，西方是否还要继续在彻底的政治不团结的乐趣中放纵就变得完全不确定了①。

苏联对自己政治信仰全心投入，这其中就包含有政治团结这一清晰的目标。苏联公开了它要影响全世界的意图，也宣布了它正在为之行军的路上。它阵营中的成员倒不是都摆出了团结的样子——铁托的南斯拉夫，哥穆尔卡的波兰——但至少他们的信仰就隐含着团结。我

---

① 赫鲁晓夫和艾森豪威尔原定于 1960 年 5 月 14 日的巴黎峰会因为会前十三天一架美国间谍飞机在苏联领空被击落而破裂。——原注（译按：这里原注的时间好像有问题，峰会是 5 月 16 日。）

们在西方的人就听任其行军吗？我希望不是。除非自由的人早上起来也感觉自己是在行军的路上，否则西方社会面对的危险是不会消退的。可没有目标的行军是白费力气，而西方的目标是模糊的。也许我应该只是说它对我来说是不清楚的。我觉得在我们政治家的言论里是找不到这个目标的。

最近我一直在浏览一些总统候选人的书和出版的讲演。以下是一些这些参选的人在上面撞得头破血流的话题：裁军、核试验、对外援助、民权、农业项目、贸易扩张、佩优拉①、种族关系、光荣的和平、正义的和平、安全的和平、法治之下的和平、通过缓和政策得来的和平、更好的住宅、更好的教育、导弹差距②、加强的国防还有探索太空。我读了肯尼迪、鲍尔斯、尼克松、史蒂文森、洛克菲勒还有其他人。他们说的是新时代的新原则，但大多数时候我找到的都是为已经过去的时代制定的旧原则。他们讨论的大多数特殊问题都很紧要，但不论是单独看还是叠加起来，它们都无法指出一个确定的方向，它们都不能指出一个可以让我在早上起床穿上我

① 原文为 payola，即付款让商业电台播放宣传某首歌但并不公开这一赞助的事实。1959 美国参议员对此发起了调查并引发了广泛关注。
② 冷战期间认为美国在弹道导弹技术和数量上落后苏联的观点，肯尼迪竞选总统时夸大了这一问题的严重性。事实上美国当时的弹道导弹技术和数量都远胜苏联。

的行军靴的目标。时不时地我会自己试着行行军，出门飞快地走向一座有名气的小山，但当我这么做时我觉得自己是孤独的，也觉得自己像是在跑步机上。现在的状况是，我们所有人可以余生都在行军，可最后还是不能明显地前进。苏联人不是这样的。他们非常清楚他们想去哪里。最近他们看起来可能真的能到那里。

我看到《生活》杂志通过一系列关于"国家意义"的文章提出了自由世界的命运这个问题。这个系列的题目就透露了很多。美国的意义，西方每一个人的意义，仍旧是绘制在国家这个画框内的。当我们帮助一个朋友时，那是"对外"援助。而当受援助的国家出现时，它获得了"独立"，于是在永远不停增长的命运追寻者名单里再添上了又一个主权政治单元。当我们在国境之外某个必不可少的位置建立军事基地时，我们将其称作"外国"土地上的基地，事实也的确如此。U-2飞机事件的内情是一位美国飞行员从土耳其的一个美国角落起飞然后朝着挪威的一个美国角落飞去。这次著名的飞行展示了我们和我们的西方同仁们不得不面对的奇怪状态——这个世界已经变得如此之小，以至于别人的机场对我们自己的安全是必不可少的，而我们的机场对他们也是，然而这个世界却在将自由民众团结在一个政治社群里和同一块屋顶下这个方面没有任何进步。目前西方唯一的屋顶就是狂野的天空，上面满是飞行、飞越还有打破音障的轰隆声。我们的科学家很早以前就打破了所有已知的边界，可我们其他人却还在勤奋地维持这些边界，不论是在我们追求的东西里，在我们的祈祷里，在我们的头脑里还是在我们的宪法里。我们住在一所有一面墙已经拆掉的屋子里，却一直在假装我们仍旧可以不受风雨的侵扰。

大多数人认为和平是一种没有坏事发生的状态，或者没什么大事的状态。然而如果和平要降临在我们头上并赠与我们宁静和幸福，它就必须是有好事发生的状态。这个好事是什么？我想它应该是社群的进化，在被统治的人的同意之下，一个社群缓慢但不动摇地披上政府的礼袍。我们不可能仅仅通过缓解主权国家之间的矛盾就过上和平的生活；这样的矛盾是无穷无尽的。我们或许可以靠缓解这里或者那里的矛盾喘上一口气，但仅仅靠缓和，或者是外交胜利，就可以成就和平，我认为这种想法是荒谬的。今天晚上你可能缓和了所有矛盾，结果明天早上醒过来却发现战争一触即发，所有熟悉的麻烦苗头又重新冒出来了。

最近有个流行的理念，那就是解开和平难题的线索就是裁军。从任意一个国家随便挑一个不论地位高低的政治家，他几乎肯定会告诉你削减军备是通向和平之路。不幸的是，裁军与和平没有太大的关系。我有时希望它真的有关系，因为它名声如此之好，还受到了如此多的关注。不论什么时候讨论起军备，维持自身的强大永远是一个国家的第一要务，而裁军仅仅是一个国家试图提高自己相对他国的力量的手段之一。在这个赤裸的地球上，任何一个把裁军当作人道主义理想来对待的国家要不是被幻觉蒙蔽，要不就是有意在谋划欺骗他人。

赫鲁晓夫主席最近问道："难道就没有……任何方法可以去除战争的威胁而又不会伤害各国的利益吗？"然后他回答了自己的问题："我们在各国全面彻底地废除军备里找到了答案。"行吧，就算我们相信赫鲁晓夫先生反对伤害各国的利益，我们还是会想知道一个解除了军备的国家是否就因此摆脱了战争的威胁。恐怕责怪军备发动了战争就好比责怪发烧引起了疾病。赫鲁晓夫的全面裁军的提议和他其他的提议一样都是出于同一个原因，那就是推进国际共产主义事业。全面裁军不会让任何人免于战争的威胁，它只会让所有人在战争来临之际暂时得不到武器的帮助。裁军谈判把我们的视线从根本问题上转移开了，根本不在控制军备，或者军备本身，而是在建立一个机制来解决会导致使用武器的问题。

　　裁军，在我看来，就是个海市蜃楼。我不是说它不清楚或者是迷幻的，我是说它根本就不存在。每一艘军舰、每一架飞机都可以报废，每一座核武器库都可以销毁，每一个士兵都可以退伍，可如果保持军备的最初理由还存在，这个世界就不会废除军备。武器只是处在一种暂时的悬置状态，为新的和更厉害的武器做准备。我们所有人的眼睛都盯着我们仿佛能在前面看到的一个图景——一个放松的、有秩序的、安全的、友好的世界图景。裁军看起来很好，因为它听起来很好，可不幸的是我们不能靠销毁弹药来驱逐无序，而裁军也不是有良港的坚实陆地，它是政治现象引起的幻觉，就像海市蜃楼是由大气现象引起的幻觉一样，是一片不存在的陆地。

　　武器既令人担忧又昂贵；它们让所有人都不安。但武器不是也从来都没有成为过麻烦的源头。这十年来唯一本身就有害的武器只有在试验阶段的核武器，而那是一个新的也是不同的问题，我们必须单独处理这个问题。我认为它能够也将会得到处理，不过虽然核武器与势力平衡有关，因此也能被用来抢占国家优势，它本身带有一个对所有国家都相同的威胁，不论东方西方，有核还是无核——这个威胁就是地球最终会承载太多有害残余物质，以至于不能再维持生命了。所有国家都清楚这一点，虽然有些还不情愿承认它。不管怎么说，禁止核试验条约，虽然对任何签署它的国家来说都充满了危险，至少还有合理的成功概率，只要签署条约的国家不要裁军。一个签约同意终止引爆核武器的国家出于自私的利益也要遵守这一协约。核试验的碎片会落在本土也会落在敌国；它像露水一样覆盖地球。而虽然一个国家可能找到许多破坏这一协约的诱人理由，这个自私的原因还是会存在，成为防止违背协定的威慑。这就是我们为什么讨论停止核试验是有益的：在这件事里，各国自身的利益碰巧和普世利益相重合了，而这整件事情也关乎人类要在一个脆弱行星上生存的问题。通常来说，在一般的谈判里情况不是这样的。在裁军协议里情况也不是这样的，这样的协议签订没多久就会冒出一千个让人想要违背它的自私理由。

我们持有武器是为了一旦别的国家违背诺言我们还有别的东西可以依靠，这个东西可以让我们获得尊重，强化我们的立场以及做自己想做的事。现代武器因为它们本身的破坏力变得更复杂，它们可以扭头咬上任何把它们释放出来的人。这就是为什么人人都乐意见到裁军，也为什么有这么大声反对武器的吵嚷。而我们要怎么放弃武备呢？通过签署一份协约。而协约又是什么呢？协约是一份通常被认为如此不可靠的文件，甚至我们觉得自己必须要保有武器以保证我们不会因为有人违背协约而处于劣势。换句话说，我们在认真地提议签署一份协约来放弃当这一协约本身失效时我们将最需要的东西。我怎么看这都是个奇怪的计划。

在制订裁军计划时，各国都很明显地表示出它们和以前一样对彼此和对协议都极度不信任。它们坚持应该有"控制"——称其为"足够"的控制——还应该有"核查"。艾森豪威尔总统提议了一个"开放天空"系统①。而所有人都同意这个协议必须是"可以强制执行的"——有人说可以由一个不受安理会否决权影响同时又附属于联合国的国际裁军组织来负责。说到控制，世上没有任何办法可以控制一个主权国家内部生活的任何方面。联合国的设计者们向这个麻烦的现实低了头，他们设置了否决权并提出了成员国的内部事务别人谁都管不了。（匈牙利的反叛揭示了国际生活的现实是多么悲哀。）影响一个主权国家是可能的，通过舆论或者通过这

---

① 即《开放天空条约》，最初是由艾森豪威尔在1955年日内瓦会议上提出的军事透明机制，条约参与国可以对彼此领土进行非武装空中侦察，苏联拒绝了这一提议，最终这一条约是在老布什担任总统期间才签订的。2020年美国退出了这一条约，2021年俄罗斯也宣布退出。

样那样的压力，但控制它是不可能的，除非是使用暴力征服它。而在军备这个方面，它们是一个国家的衣袍中最贴身的那部分，也是一个国家会本能地隐匿起来不让人看的那部分，在任何一个特定的时刻，我们甚至都不知道在下一个时刻我们应该希望去控制什么，因为武器和反武器的升级是如此地迅速。国家生活就是秘密的生活。它一直都处于秘密中，而我想它也必须是秘密的。想要公开地生活，我们必须首先要有公开生活的框架——一套和国际上现存的任何体系都极其不同的政治框架。一个由控制和核查所维护的裁军协约并不是这样的一个框架，它只是对更多更广的秘密行动发出的暗中邀请。

我们可以核查苏联吗？它可以核查我们吗？在这个丛林世界里，核查就等同于试图给一大队国际偷窥狂发许可证。我不能相信它能起作用。它很有可能生出一大堆反偷窥的偷窥狂来，这些家伙负责偷看偷看的人。一个核查员们有操作许可的开放天空系统本身会成为所有国家觉得自己任何时候都必须维持的开放天空系统的监视对象。而开放天空系统本身，虽然还是个新想法，已经落后于实事了：领空已经不再是最高的了——它上面还挂着太空，而在那里，东方和西方都在用会飞的相机互相拍照。

至于说"强制执行"，一份军备条约从本质上就是无法强制执行的。它能够强制执行的唯一前提就是存在一个比参与条约各方更高或者更强大的权威。而现今地球上生活的特征就是不存在这样的权威。一个国际裁军组织，由一份协约创立，同时代表东方和西方并且还拥有执法权，它是算不得这样的权威的。这倒不是说各国不会认真对待条约里规定的责任；它只是说当任何责任开始威胁国家安全或者阻碍国家意志的实施时，没有国家会认真对待这种责任的。假如有一个裁军"权威"，任何想要求助于它的努力都可能很容易地引发骚乱和战争。国家军备会很快重复它们相对集体军备的优势，因为国家力量是听命于国家意志的，而它又是一种流动的、活生生的东西：与此相对，国际军备则是主权和某种现状——在签署协议那天的主导态势——的仆人。苏联想要这种执法力量听命于安理会，在那里它会受否决权的影响——简单地说，就是一个要照涉事一方的心意来挥舞警棍或者不挥舞警棍的警察。

许多政治家觉得武器本身是邪恶的，觉得它们应该被消除，就像人该踩死一条蛇一样。他们觉得仅仅是巨量军备的存在本身就制造了紧张也威胁了和平。这绝对不假。然而我怀疑，由军备的存在所制造的紧张能不能比得上没有军备或者军备太少所引发的紧张。艾森豪威尔总统说过，当今时代的战争只会生成"一片庞大的虚无"。我认为当今时代的裁军也会如此。军备竞赛是令人生畏的，但八十个主权国家突然没有了武器才是真正令人感到恐怖的。我们甚至可以猜测俄国之所以提出最骇人听闻的裁军提议——四年之内全面裁军——正是因为它就是可怖的。裁军在今天只会增长而不是削减战争的危险。今天的武器破坏力过大，让人不敢动用，于是它们只能优雅安静地站在一旁；我们的世界就是这么奇怪，有军备比没有军备更安全。如果现代武器让战争变得不可能了，我们是不是应该最好继续保有它们，直到我们找到了让战争不再必要的政治途径为止？

在一封写给达格·哈马舍尔德①的信中，赫鲁晓夫说："广泛而彻底的裁军不可能导致任何一方占优势。"这是胡扯。武器数量多的那一方可以靠裁军占优势，不准备放弃武备超过几分钟的那一方可以占优势，以及用这条谎言作为国家政策工具的那一方会占优势。如果裁军没有任何带来优势的机会，赫鲁晓夫先生是不会在这

① 瑞士外交官和经济学家，达格·亚尔马·昂内·卡尔·哈马舍尔德是第二任联合国秘书长，被任命时仅47岁。——原注（译按：他在1961年前往刚果参加停火谈判时坠机身亡。）

上面白费劲的。他喜欢裁军，因为它有宣传价值，因为它给了他把我们从我们先进的军事基地赶出去的机会——而这是苏联人给裁军协议设定的先决条件。

也许现在最宝贵的解开和平难题的线索是可以在苏联的恐惧里找到的，而它害怕的东西有很多。苏联最大的恐惧，很明显，就是西方民主国家会团结一致有建设性的行动。苏联一直谋划着分裂我们，打进那个我们每天都在报纸上读到的楔子。赫鲁晓夫先生三月访问巴黎的主要目的就是为了挑动法国斗西德。他在峰会上耍的脾气，还有他对艾森豪威尔总统的裁赃都是为了挑起麻烦，也让他可以威胁那些意外卷入间谍飞机事件的国家。如果对苏联来说西方是个自相分争之家是件非常重要的事情，那么对西方来说它们要团结在一起就是同样重要的，不是简单地作为有共同利益的老朋友而是作为可以运行的政治团体。还没有人成功地开启过对这个问题的讨论，也很少有人准确地定义过这个问题。西方国家仍然还满足于相信它们所熟知的东西——外交、联盟、集体安全、谈判，还有最后一刻团结起来这些技巧。几个月前，当美国和英国需要做出一项关于核试验协议的决定时，首相哈罗德·麦克米伦不得不在最后关头溜到美国来进行一番飞快的磋商。这种匆忙的收拾局面本来不该是必要的。说起来实在是太糟糕了，都已经到这个年代了，这两个说英语的大国——两者都拥有核武器，两者都渴望向世界展示出团结的一面，彼此还彻底依靠对方来确保自己的生存，而且两个都不确定自己可以幸存——这样的两个国家竟然没有翻译他们人民意愿的政治机制，还不得不在某些重要的问题上为了做出决定而来来回回纠缠几个回合。英国和美国在这至关紧要的十年里的表现让我想起我在劳瑞·李的一本书里见到过的一只神奇的两头羊："它可以用两个声音和谐地歌唱，还可以一连好几个小时自己质询自己。"

在研究总统候选人的话时，我在留意有没有迹象显示他们中有人支持西方应该有更积极更有序的政治结构。迹象是有，但他们的话是微弱的、谨慎的和犹豫的，正如预料的一样。没几个公共人物会愿意毫不保留、充满热情地宣布这件事。但在这里举出的，不论它们意义大小，就是几条暗示，几株有希望的萌芽：

阿德莱·史蒂文森："难道我们不应该至少试试看某种政治创造力，它至少在某些方面可以匹敌我们的科学家们吓人的创造力？……我们没有追求普世的福祉。我们追求各自的国家利益然后希望每个部分自私的利益将会叠加起来——尽管所有社会史的证词都不同意——变成整体更广泛的利益。我们没有积极追求一个法治的世界。"

还是史蒂文森先生："一个运转正常的大西洋协作体系可以做的不仅是增强西方的基本力量。它也将向其他地区展示……政治自主可以和超越国家层面合作相结合的方法。不管怎样，它的反面就是看着不同国家之间永远起着作用的离心力将我们越拉越远。有一件事是确定的——我们不能四分五裂乱七八糟地应对挑战。"

尼克松副总统："现在已经是应该积极采取行动……在世界上确立法治来代替强权政治的时候了。"

约翰·F. 肯尼迪参议员："至于外部世界，我们的目的不仅仅是保卫这个民主社会的完整，同时也要帮助自由和世界法律事业取得进步——追求公正且永恒的和平这一普世的事业。"

还是肯尼迪先生："到目前我们还没有远见来提出一个综合方案构建法律之下的世界评议系统，我们也缺乏尝试从小处开始的勇气。"

纳尔逊·洛克菲勒："美国应该追求一种政治框架，这一框架在未来也许可以和我们为自己国家创造的这个体制相类比，那就是全世界国家的联邦。"

切斯特·鲍尔斯："逐步发展一套世界法律框架依赖

的是我们现有的多边机构的活力和成功，因此我们应该在任何可能的地方都积极地通过这些机构来实现我们的目标。"

"法治"这个词，我注意到了，对不同的人意味着不同的东西。尼克松先生对他以上所引用的发言做出的阐述表明他觉得法治在于更加强有力的国际法庭，这点我觉得他是混淆了国际法和超越国家层面的法律。我不确定我清楚肯尼迪先生所谓的法治是什么意思。艾森豪威尔总统有时也会用这个词，但他把如何理解它的任务留给他的听众。

史蒂文森州长甚至说出了"一个运转正常的大西洋协作体系"和"超越国家层面合作"。洛克菲勒州长直接明确地提出了联邦的原则以及一个"政治框架……可以和我们为自己国家创造的这个体制相类比"。

好吧，政治家们都是大忙人。主要他们也不是被雇来享受按照理性的模型重塑世界这种消遣的，还只能依靠纯粹的理论和理性思考；他们是被雇来尽他们最大的努力让我们度过今天的。一位公仆有成千上万紧要的职责，也深恶那些肯定会惹恼选民的理论问题。但我相信一位公众人物一旦提及法治，他应该就这个主题花上足够的时间来说清楚他到底想的是什么：谁来制定这一法律？谁来执行这一法律？他们的权威是从谁那里来的？地理限制是怎么样的？它居于其中的框架是什么样的？说简单点，事实就是，我们这些西方人还没有尝试过政治创新，我们没有在追求一个政治框架，让友好国家分道扬镳的离心力还在发挥作用，我们溃不成军，"法治"只是结尾一段里一个云遮雾绕的词，不是人们眼睛里澄澈的闪光。

也许现在不是讨论西方团结基础的最佳时机。很多人会说，虽然自由民主资本主义国家的联邦这个远景对梦想家来说是个令人向往的未来，这方面真正的工作却是极其令人不安的，是会在一个微妙的时刻动摇我们的。我们可能会如此沉迷于建立更高水平的秩序，以至于会失去我们现在享有的那一点秩序，于是正中我们敌人的下怀。其他人则会说如果自由势力的政治团结变成了既成事实，它只会引来东方更多的挑战和怒火。还有人会说大多数人憎恶团结；它把乐趣都弄没了。

这些都是反对试图在西方社会引入更多秩序的不错的论点。然而作为一个美国公民，我会欢迎政治联盟的萌动，与英国，与法国，与斯堪的纳维亚，与所有西欧国家——其实是与任何国家，只要它能展示出有漫长且成功的通过被统治者的同意进行统治的记录。因为虽然我会觉得我暂时置身于更危险的处境，但是我站到了更高的地方，那里的风景更好。我终于可以知道我的目标在哪了。如果从这次峰会的闹剧中可以出现西方团结的第一道确定的光，那么这个峰会，在我的账本里，就会被记作一次光辉的胜利而不是凄凉的失败。

对方有一个追求的目标；他们想要的是最终会占据全球的联盟。在一个帝国主义被人唾弃也奄奄一息的年代，他们恬不知耻地打造了一个帝国。为了做到这点，他们把我们拖进了一场冷战。我相信这场战争可能会更好打，如果我们也能找到一个可以追求的目标，一个可以倡导的提案。让我们追求英国式自由这个目标吧——它曾经被桑塔亚那①描述为"这种自由人缓慢的合作，这种民主中的自由"。在联邦大会堂中的英式自由——这是个可以想象的目标了！"非但没有被美国人的豪放和大胆抵消掉，"桑塔亚那写道，"或者是迷失在如此多不同种族相反的本能里，它似乎立刻就在最复杂的圈子里和最新的难题面前被人采用了。"一个自由国家的联邦，其中的国家单位不被取消，它的人民也被升入一个更新更伟大的主权中，这是还要走很远的路才能实现的，不论是让谁来估算；但如果我们能立刻一起认定了它，并毫不

---

① 乔治·桑塔亚那（George Santayana，1863—1952），西班牙籍美国作家、哲学家和学者，在 20 世纪早期有广泛的影响力。

胆怯地接受它，那么我们就可以朝着清楚的方向前进，也可以享受有政治目标的乐趣和纪律了。自由会流淌到任何它能够俘获人们的想象力的地方。

说到俘获人们的想象力，这也是另一个我们似乎情愿让给苏联人的东西。关于这个方面的数字极其可怕。今天流传最广的作者，按照翻译数量来看，是马克思、列宁和斯大林。在 1948 到 1955 年之间，列宁甚至还排在《圣经》前头。我不知道今天他的书和《圣经》相比销量谁高谁低——他也许已经下滑了一点——但是我清楚他与约翰·亚当斯、詹姆斯·麦迪逊、本杰明·富兰克林、托马斯·杰弗逊还有其他我们认为能启发读者的作者相比情况如何。他在前方以绝对获胜优势领先——一个很难超越的优势。我们这些美国人没有任何权利去思考自由人民的团结问题，除非我们有足够的精力来让我们的理想能够触及那些在迫切地寻求任何理想的人。前几天军队发射了一枚导弹并击中了九千英里外的一个目标，但我们却没有花多少时间和金钱来发射我们最好的导弹——我们的理想。我们应该用能点燃人心头火焰的伟大书籍淹没这个世界。我们不应该期望对跖地①的人

---

① 地理学术语，指球面上任一点与球心连线交会于球面另一点，这两点互为对跖点。这个词常被用来指澳大利亚和新西兰。

会跋涉到四十二街和第五大道的交叉口①去检索目录卡片。

现在是每天都充斥恐怖和恐惧的时代。已经有人在说要在地下给每个人挖洞，大家可以都爬进这些洞里了。但我认为人毕竟和招潮蟹长得不一样。我们在这个令人生畏的世纪需要的不是一个可以下到地下几英尺的洞，而是一个可以高耸入云的建筑的清晰施工蓝图。世上或许有过这样的时刻，但现在是迄今最糟糕的。

在关于裁军的漫长辩论中，我碰到了一条值得记住的言论；它登在去年十月《时代》杂志的一篇文章里，作者是萨尔瓦多·德·马达里亚加，多年来他都在国联观察裁军。马达里亚加先生在文章的结尾得出了一个结论，一个应该让每一个自由国家都长见识并且行动起来的结论。"今天的问题在于，"他写道，"一方懂得团结却不懂得自由，而另一方懂得自由却不懂得团结。最终获得胜利的将是两方中首先将自由与团结合为一体的一方。"

我从来没有见过这个问题被如此简明扼要地陈述出来，也没有读到过我对它如此有信心的预言。艾森豪威

---

① 纽约公共图书馆所在地。

尔总统常常说起"公平的和平",却不能勾勒出一幅路线图。外交、协议、国家理想、热腾腾的和谈、冷冰冰的和谈、亲善之旅、秘密、间谍活动、外援、外贸、外交关系——这些似乎是我们唯一相信的建筑材料。不能指望正义能从它们中涌现出来,虽然有时它们的确可以带来一些益处,但是更多是因为好运而不是好的管理。我们的国家策略大略是这样的:挺起下巴,保持火药干燥,总是乐意谈判,让你的朋友们开心,做受欢迎的那个,要强大,去外太空,拖延时间,正义最后一定会到来的,还有法治。

我怀疑作为和平的先导的正义,最后是不能从帽子里变出来的,不像某些人想的那样。正义会在政治框架里综合了自由和团结的地方安家。而当正义出现在了任何地方或者社会的任何层面上,人类的问题几乎马上就可以自动解决了,因为他们已经有了解决的方法。团结不是海市蜃楼。它是遥远的海岸。我相信我们至少应该朝着那美好的海岸进发,哪怕我们中的大多数人这辈子都碰不到它。

高官的重任

> 在他们从总统办公室里走出来时，肯尼迪
> 先生从他口袋里掏出了一条白手绢，然后擦了
> 擦这个男孩的鼻子。
>
> ——《纽约时报》

总统的工作永无尽时，

重担压在他的肩头日复一日：

柏林的墙，种族的汤，

减税的法案，吴廷琰的夫人。

一个危机才消退，另一个又涌来了——而

   现在小约翰拖着鼻涕跑来了。

总统必须起床更衣，

接见议员，面对媒体，

永远要胆大，有时要谨慎，

要和蔼对待外国贵宾，

而当他在打退我们的敌人之时，

   还要弯腰擦擦一个小男孩的鼻子。

选择的自由

（致《每周邮船报》^① 的信）

致《邮船报》主编：

我相信自由与你似乎在想的那种恰恰相反。个人自由其实源自人们自愿服从于保护多数人免受少数人无理行径的限制。

我在 1920 年代见过"选择的自由"都做了什么，那时交易所可以自由地想怎么做就怎么做。结果就是一场金融崩溃让成百万美国人都失去了任何选择，除了跳楼还是不跳楼这个选择。现在，多亏了有市场控制，我们有了一个能让我们自由呼吸的稳定经济。

黑人来到这个国家是因为船主们有选择的自由，而船主们选择把黑人用镣铐锁起来带到这里来。在过去的一百年里，黑人们虽然"被解放了"，却没有多少自由选择的权利。民权法案说的其实就是一个经营公众场所的

---

① 一份 1960 年创立的缅因州地方报纸，主要在怀特居住的缅因州布鲁克林周边地区发行。

生意人不能去决定谁是公众的一员，谁不是公众的一员。

这对我来说是合乎道德的。我也认为《邮船报》之所以

可以享受个人自由，并不是因为它可以想说什么就说什

么，而是因为它必须遵守关于诽谤和体面的法律。

E. B. 怀特

"明显有罪的"
（致《班戈新闻日报》^① 的信）

致主编：

戈德华特参议员^②偶尔会用"明显有罪的"这个词组来指罪犯。这是非常让人不安的东西。在这个国家没人是"明显"有罪的——一个人永远是清白的，除非法庭裁定他不是。戈德华特似乎相信抓住罪犯比保护搜索与扣押的原则更重要，尽管后者是我们法律系统的基石，保卫着我们的家。

《新闻日报》是我早上要读的报纸，而我每天都是兴致勃勃地打开它。最近它又有了特别的意义，因为这次大选的热度和重要性。我在阅读戈德华特的书，还在研究戈德华特的记录，就像每个公民应该做的那样，结果我发现他的极端主义哲学既吸引人又令人不安。他想

---

① 缅因州主要的日报之一，创立于 1889 年。
② 巴里·戈德华特（Barry Goldwater，1909—1998），美国共和党参议员，曾在 1964 年参选美国总统，他对 20 世纪后期美国保守主义运动有深远的影响，尤其是共和党内的民粹主义政治和保守主义运动。

要我们回归真理，这我觉得没问题。然而这趟回归我们更好自我的旅程却与极权主义和警察国家的经典模式如此相似：抹黑法庭，威胁媒体（我还能听到当媒体在旧金山①被提起时的嘘声和倒彩声——真的是非常难听的声音），把联邦政府描绘成人民的敌人，把社会福利说成我们生活里的污染物，承诺要使用总统的权力来终结暴力，强词夺理说目的可以让手段合理（抓住小偷，别管是怎么抓住的），在现在这个微妙的核平衡的年代承诺要取得全面胜利，狡猾地暗示那些持相反意见的人也许忠诚是有问题的，还一直坚持说自由已经被冲进下水道了。

你们的记者威廉·巴克莱前天借托克维尔之口提醒了我们，民主不是坚不可摧的。没错，它就是这样的。它可以被一个狂热分子毁掉，这个人一边高举自由的标语一边悄悄地破坏着自由全部珍贵的机构和制度。

E. B. 怀特

---

① 1964 年共和党全国大会是在牛宫体育馆举行的。——原注（译按：牛宫体育馆是在旧金山和达利市交接处的大型体育馆。）

玛格丽特 · 蔡斯 · 史密斯
（致参议员的一封信）

亲爱的史密斯参议员：

我认为关于自愿祈祷的德克森修正案是不应该通过
的。宪法在这个问题上是明白无误的：不得设立国教。

公立学校里的任何宗教仪式都是在行使宗教正统
的权力——正统的基督教信仰，它对我们中的大多数
人是正确的，但对一些人是不可接受的。在"自愿"
祈祷的氛围里，来自其他信仰主导家庭的学生会因为
他们无法参加而感到尴尬；在他们同学的眼里他们会
是"怪人"或者"不同的"或者"不信教的"。如此的
耻辱对一个孩子来说是感情上非常让他们不安的，虽
然我们已经不再吊死异教徒也不再烧死女巫了，一个
在祈祷仪式中独立一旁的孩子所遭受的创伤却也同样
真实。

我们这个民主国家应该要注意不让一个孩子觉得因

为信仰感到不舒服。一旦校长被授权依照某种特定的崇拜形式来确立宗教正确的标准，这个理想就是不可能实现的。

您诚挚的，

E. B. 怀特

卡耐基教育电视委员会①
（致史蒂芬·怀特的一封信）

史蒂芬·怀特，怀特的一个熟人，代表卡
耐基教育电视委员会给怀特写信征求他的建议。
怀特的回信被收入了委员会的报告中。

亲爱的史蒂夫：

我现在也有个叫史蒂芬·怀特的孙子了，我也敢打
赌他游泳比你游得快，憋气也比你憋得长。

至于电视，我怀疑我有任何看法或者建议是值得落
到纸上的。非商业电视应该关心的是如何做到优秀，而
不是如何被接受——这是商业电视不愿意更上一层楼的
原因。我觉得电视应该提供的是文学散文的视觉版本，
应该召唤我们的梦境，满足我们对美的渴望，带我们去
远方，让我们参与到事件中，搬演伟大的戏剧和音乐，
探索海洋天空森林和群山。它应该是我们的吕克昂学院，
我们的肖托夸运动，我们的明斯基杂技团，还是我们的

---

① 卡耐基集团于 1965 年成立的调查委员会，旨在研究非商业教育
电视对美国社会的影响，它 1967 年出版的《公共电视：一份行
动纲要》，启发了 1967 年的《公共广播法案》。

卡米洛特。[①] 它应该要重申并澄清社会问题和政治难题。它有时能做到这些，而此时你可以短暂地瞥到它的潜力所在。

正如你所见的，我提供不了什么具体的建议却不缺套话，每一个都还是烫了金边的。但还是谢谢你给我机会。

你的，

E. B. 怀特

---

① 吕克昂学院指亚里士多德于公元前 334 年在吕克昂创立的学校，肖托夸运动是 19 世纪末 20 世纪初美国的成人教育运动，明斯基杂技团是 20 世纪上半叶纽约的著名杂技团，卡米洛特是亚瑟王传说中亚瑟王的城堡。

阿格纽的发明
（致《班戈新闻日报》的一封信）

致主编：

我读到你们现在在用"激进自由派"这个词组来描述某些会危害共和国的公民。这个打包的标签，它暗示激进分子和自由派之间没有区别，是阿格纽副总统[①]的发明，他是个非常有创造力的家伙。

标签就是标签，它们也总是会在选举的时候出现。我想要提醒《新闻日报》的是，就在最近这位副总统还提出了最不寻常的建议。他建议某些新闻媒体的成员——尤其是电视评论员——要由"政府工作人员"仔细审查以确定他们是什么"类型"的人，以及确认他们是否应该从事他们过去从事的工作。这条建议或许是我这辈子听过由一个公众人物提出的最激进的建议了，而我都七十一岁了。

[①] 斯皮洛·阿格纽（Spiro Agnew, 1918—1996），尼克松的副总统，1969 到 1973 年在职，1973 年因为腐败指控辞职。

我怀疑《班戈新闻日报》也不会想要政府工作人员筛选它的记者和社论作者。

所以如果你们最近在搜寻一个思想激进的人，我建议你们好好盯着美利坚合众国的副总统看看。他的名字是斯皮洛·T. 阿格纽，他用非常轻柔的声音召唤出了控制新闻媒体的鬼影。

E. B. 怀特

论希望（致纳多先生①的一封信）

亲爱的纳多先生：

只要还有一位正直的男人，只要还有一位有同情心的女人，这种传染病都可能扩散，那么一切就都还有希望。在一个糟糕的时代，希望是我们唯一剩下的东西。我周日早上会起床给钟上发条，作为对秩序和稳定的贡献。

水手们有个关于天气的说法：天气就是个大唬人鬼。我猜我们人类社会也一样——一切会看起来非常黑暗，接着云层中会出现一道裂缝，然后一切就都变了，有时候是相当突然的。很明显人类在这个星球上生活得一团糟。但作为一个种族，我们也许怀揣着善良的种子，这些种子休眠了很久，等待时机正确的时候再发芽。人的好奇心，他的坚持不懈，他的足智多谋，他的聪明才智，

---

① 这位纳多先生的身份未知，只知道他在 1973 年 3 月给怀特写信表达了对人类的失望。

都把他带入过深深的麻烦中。我们只能期望同样的特质能够让他从困境里挠出一条路来。

　　按紧你的帽子。抓紧你的希望。还要给钟上好发条，因为明天又是新的一天了。

诚挚的，

E. B. 怀特

别赌他们一定是对的
（致《班戈新闻日报》的一封信）

致主编：

我同意你的观点，那就是决定一件事情只有一种正当且负责的办法——让人民发言，然后再数选票。我希望我们永远不会抛弃这条宝贵的原则。

但是，话又说回来，我们永远也不能假设（你的社论《人民发言了》似乎就是在如此假设）当给了人民投票的机会时，他们总是会得出最佳的答案。美国人有很多常识；他们时不时地也会犯错。

那些投票让理查德·尼克松当选的数以百万计的人在投票的时候都在尽自己最大的努力，可他们同样搞错了。我们同样也不能保证锡斯波特人民在核电站问题上没有搞错。他们只是尽到了自己的最大努力，按照他们自己认定的是非对错在决定。让我们希望他们是对的。

但别赌他们一定是对的。

E. B. 怀特

施乐^①信件（致《埃斯沃斯美国人》主编的信以及后续书信往来）

1976 年 1 月 1 日

致主编：

我觉得我暂停欣赏篱笆转而仔细看看《时尚先生》杂志做生意的新方法也许是有用的。在二月，《时尚先生》将会刊载一篇哈里森·E. 索尔兹伯里^②写的长文章，索尔兹伯里先生不会从《时尚先生》这里获得任何这篇文章的稿酬，但会从施乐集团手里获得 40000 美金的报酬——再加上 15000 美金的差旅费。在我看来，这不光是出版的一种新点子，它同时也标出了一条如何腐蚀美国自由媒体的清晰路线。索尔兹伯里先生曾经是《纽约时报》的副主编，他本应该知道这么做有什么问题的。

---

① 施乐是美国的办公设备公司，尤其是在复印机市场上占有很大份额。施乐（Xerox）甚至成为"复印"的非正式说法。
② 哈里森·E. 索尔兹伯里（Harrison E. Salisbury, 1908—1993），美国记者，《纽约时报》第一位常驻莫斯科记者，1955 年因国际报道获得普利策奖。

《时尚先生》是一份有声望的刊物，它也本应该知道这么做有什么问题。可摆在面前的就是——施乐—索尔兹伯里—《时尚先生》轴心大摇大摆地运转上了！

《纽约时报》12 月 14 日刊登的关于这一神奇事件的新闻报道是这么开头的："《时尚先生》和施乐集团的管理层报告说到目前为止，他们宣布的新计划还没有遇到任何负面反应。这一计划是《时尚先生》在二月份会刊载一篇由施乐"赞助"的 23 页长文①。"在此我会很高兴地呈上我的负面反应，哪怕它是第一篇闯过线的文章。

《时尚先生》，照《时报》报道里写的，是如此为它的新酬金系统（从赞助商那里拿钱）辩护的，它向我们保证索尔兹伯里先生是不会被施乐操控的；他的手和他的笔都将是自由的。如果施乐喜欢他写的关于美国的内容，施乐将会投放"一则低调的整版广告，位于文章之前"，并在文后投放另一则广告。从这些广告中，《时尚先生》要挣 115000 美金，而索尔兹伯里先生则已经挣了

_____

① 原注：关于在美国各地旅行的。

234

40000 美金，还能享受费用全包的旅行，穿过这片曾经幸福的大地……

明显索尔兹伯里先生一度犹豫要不要接受施乐的项目。《时报》报道他说："一开始我想，老天爷，我该这么做吗？"不过他很快战胜了自己惹人烦的犹豫，想起来人们都知道大集团在过去也赞助过"文化事业"，比如歌剧。一位杂志记者变身成为一桩"文化事业"简直是和蛹变身化为蝶一样令人震惊的场面。从禁锢他的东西中逃出来，索尔兹伯里先生肯定感觉好极了。

唉，并不需要脑子有多好用就能从这一切里发现灾难的阴影。如果杂志决定把自己的作者出租给广告商，并接受广告商给作者和杂志的报酬，那么这个国家的期刊将会落到下水道的深处，将会变得如此模糊以至于和世界其他地方那些受管制的媒体没什么两样了。

E. B. 怀特

在他关于施乐——《时尚先生》——索尔兹伯里计划的来信见报的几周后，怀特收到了一封来自 W. B. 琼斯的咨询意见的信，他是施乐集团的营销总监，他在信里列出了施乐赞助索尔兹伯里写作的基本规则并在结尾说："在了解这些基本规则之后，您是否仍然觉得这种赞助有什么邪恶的地方？这个问题是认真的，因为如果一位像您这样成就斐然且洞察人心的作家——在考虑过这次合作的条款之后——依旧觉得这一类企业赞助会导致这个国家的期刊变成和世界其他地方那些受管制的媒体一样，那么我们必然得重新考虑我们在未来支持类似项目的计划了。"以下是怀特给 W. B. 琼斯的回信。

1976 年 1 月 30 日

亲爱的 W. B. 琼斯先生：

在继续展开我发表在《埃斯沃斯美国人》上关于企业赞助的言论之前，我想把讨论限定在新闻行业——也就是报纸和杂志上。我将不会猜测电视行业的情况，因为电视是在我的经验之外的，我也对这一媒体的企业赞助问题没有现成的看法。

在您最近写给我的信中，您问我在研究过您在赞助杂志文章时的规范行为基本准则之后，是否还觉得企业赞助本身里有什么邪恶的东西。是的，我觉得有。邪恶也许不是正确的说法，但当一个企业集团在一份广泛流通的杂志上赞助一篇文章时，我的确会看到某种不祥且不健康的东西。本质上这不是广告商试图影响编辑内容这个熟悉的老问题；几乎人人都熟悉这个常见的现象。读者们知道它一直存在，但通常是以一种相对低调或者没有威胁的方式。施乐在特定的场合赞助一个特定的作者写作一篇特定的文章则是完全不同的东西。没有人，至少照我了解的，在指责施乐是在试图影响编辑的立场。但很多人都想知道为什么一个大集团会在一篇杂志文章上花这么多钱，为什么这篇文章的作者会愿意接受如此不同寻常的酬劳方式，还有为什么《时尚先生》会情愿乐意让一个外人来付账单。这些都是合理的问题。

在我们这个国家里的新闻媒体之所以可靠有用，并不是因为它天生品行良好，而是因为它非常多元。只有新闻媒体还分属许多不同的所有人，这些人每一个都在追求自己认定的真理，那我们这些人民才有机会找到真理并生活在光明之中。所有权分属多人是个关键。当仅仅只有几个所有人，或者只有一个所有人，那时真理就会变得无迹可寻，光明也会消散。对一个我们这个自由社会的公民来说，能够接触到成百上千的期刊，每种都在贩卖自己相信的东西，这是种巨大的特权和神奇的保护。数目越多越安全：报纸会揭露彼此的愚蠢和小毛病，纠正彼此的错误，以及抵消彼此的偏见。读者可以自由地在所有的报纸社论炖成的马赛鱼汤里翻捡，搜寻其中唯一重要的那枚蛤蜊——真理。

当一个大集团或者一个富有的个人赞助一篇杂志里的文章之时，整个情况就变了：那份杂志的所有权就被削减了，那份杂志的形象也变得模糊了。在索尔兹伯里的文章这件事里，它就相当于《时尚先生》开始靠救济过活了，等于它领了自己的第一份福利金，于是从此就不再是一个彻底独立的人了。编辑辩解说是他要对文章负全部责任，而施乐也和整件事情都没有关系。可事实就是就算他要承担全部的责任，他也不知为何没来得及去付账单。这是让人不安也让我觉得不健康的。任何时候只要有钱过手，就有一个别的什么东西也同时和它一起被传递了——一种根据情况不同而不同的不可触摸的东西。人们很难忍住不去怀疑《时尚先生》觉得欠了施乐什么，索尔兹伯里先生觉得欠了它俩什么，还会疑心《时尚先生》的所有权，或者主权的四周都被啃咬侵蚀遍了。

在新闻媒体里的赞助就是向腐败和滥用发出的请柬。诱惑是巨大的，而每一丛灌木背后又都藏着一个投机分子。一篇有资助的文章对任何刊物来说都是诱人的美味——尤其是一个收支平衡正有困难的刊物。一篇有资助的文章对作者来说也是一碟诱人的美味，他可以揣走一笔比他习惯的要多得多的报酬。而赞助也对赞助人自己是有诱惑的，因为他出于或这或那的原因，在被关押在广告页如此之久之后渴望着打入常规栏目里。这些诱惑都是真实的，而如果移除了限制，我相信腐败和滥用很快就会出现。不是所有的企业都会像施乐一样以不可指摘的方式或者怀着造福于人的精神处理赞助问题。一个人想要花钱发表文章可能出于上千种理由，这里面很多都是让人难以接受的，它们也在某种程度上全都是自私的。买卖新闻专栏的版面可能会成为新闻媒体的严重问题。如果它变得像传染病一样流行，它可能会毁掉整个新闻媒体。我不想一摊开报纸就看到 IBM 或者国家步枪协会赞助的盛况，我想要读的是编辑和出版人自己努力挖掘的内容——也是自己掏的腰包……

　　我对自由媒体的爱很早以前就有了。我对它的爱是我初次也是最强烈的爱。如果说索尔兹伯里—施乐—《时尚先生》的安排让我震惊，它是因为赞助的原则似乎在挑战和威胁我信仰的一切。不是所有的报纸都是坚决独立的，这不假，但世上总是有足够多独立的报纸来构建一个高尚的核心并做出榜样，这样其他报纸不得不仿效它们。赞助的文章本身并不是什么邪恶的东西，但它是邪恶的开端也是发给邪恶的请柬。我希望再也不要有人发出这份请柬了，或者，如果有人发出了这份请柬，我希望它会被拒绝。

　　大约一百五十年前，托克维尔写道："美国的记者通常地位都非常低，没受过什么教育，头脑也非常庸俗。"

今天我们会嘲笑这种过时的总结。但大约五十年前，当我还是个年轻的记者时，我非常幸运地遇到了一位非常符合这一描述的编辑。哈罗德·罗斯，《纽约客》的创始人，他就是教育程度不够而且——至少外表上看起来——头脑也非常庸俗。不过他确实拥有的却是强烈的独立性。他当时很难找到钱让他眼看要失败的小报纸存活下去，然而他下定了决心不让钱或者影响力玷污他的梦想或者踩躏他的文章。他的沸点低到甚至让人觉得好笑。最隐晦的建议在他的新闻和社论栏目里覆盖上广告的阴影都足以让他爆发。他会愤怒地爆炸，整座楼都会回响着他发怒的声音，他恐怖的快剑也会在走道里上下闪光。对一位年轻人来说，这是一个令人惊讶也难忘的场面。五十年的时间都没能磨灭罗斯愤怒的场面或者我早年下定的决心——这和他是一样的。当我写信回答你的垂询之时，他常常浮现在我的脑海中。

我希望我已经多澄清了一点我对于媒体的解剖结构和赞助发表文章危险的想法了。谢谢你给了我发表自己意见的机会。

真诚的

E. B. 怀特

琼斯先生回信感谢怀特"告诉了我我不想听见的东西"。五月份琼斯又来了一封信通知说施乐已经决定不再赞助任何媒体文章了，也坚信这是"正确的决定"。

命运的起伏

"我们在加拿大的不幸足以让一颗石头做的心融化。
天花比英国人、加拿大人还有印第安人加起来还要恐怖
十倍……物资短缺，已经接近了饥荒的程度，还有瘟
疫……然而这些命运的起伏不会让我失去勇气。预料到
它们会发生是自然的，我们也应该在头脑里准备好面对
更大的变化和更加令人忧郁的场面。"

1776 年 6 月 26 日，在约翰·亚当斯的一个情绪不定
的时刻，他在给阿比盖尔的信里如此写道。我们不知道
他看到了多远的未来，但如果他今天还在，在庆祝我们
的两百周年国庆，他是不会缺乏令人忧郁的场面的。在
目力所能及的任何方向，都是腐败和罪行，我们的河流
和湖泊灌满毒素，我们的飞行器在快要出发的时刻才姗
姗来迟，我们的臭氧层受到了威胁，我们的海洋大口大
口地喘不上气，我们的鱼不能食用了，我们的国鸟产下

有缺陷的蛋，我们的经济通胀着，我们的食物里掺了假，我们的孩子用丑陋的塑料玩具断奶，我们的娱乐被淫秽和下流沾染，到处都是暴力，国会里荒淫，西点军校里作弊，榆树染病要死了，我们的年轻人几乎不会读书写字，邮政系统在邮件的重压下分崩离析，也对晚上的黑暗恐惧不已，我们的能源要枯竭了，我们的铁路衰败了，我们的小农场在消失，我们的小生意人被官僚的政令逼到了墙角，而我们的核电站在竭尽全力制定一旦出了什么问题如何疏散周边乡村的方案。这的确是个令人忧郁的场面。

不过这个麻烦缠身的亲爱国家还是有一点是值得称道的——它满是活力还忙忙碌碌。1776 年它在费城忙碌着，试图要寻到一条合理的路线；今天它也在纽约和奇利科西①忙碌着，试图要理顺它难以置信的麻烦。"爱国者"这个词通常用来指亚当斯和那些美国早期的英才。今天，这个词已经不讨人喜欢了。爱国主义已经不时兴了，因为它沾上了沙文主义、极端爱国主义和煽动民众

---

① 美国俄亥俄州的城市。

的污秽。没人期望现在的人去爱他的国家，因为搞不好他就会让自己出丑。然而我们的国家，从烟雾里看过去，却是神奇地可爱，多少有点像一个无意识地让自己卷进了麻烦里的人常常让人觉得可爱一样——或者至少是值得支持的。还有哪个国家是会如此对自己的不足感到错愕，是会如此积极弥补自己的错误行为的？还有哪个国家发出过像刻在纽约港雕像上的邀请一样的邀请？过失、腐化、堕落、衰败——这些问题在今天的美国和那些试图修正它们的多种多样的努力，以及做出如此努力的多种多样的机制一样显眼。榆树也许在死去，但有人已经发明出了一种化学复合物来注射到榆树的根部阻止疾病的蔓延。哈德逊河里也许灌满了多氯联苯①，但是有个机构的全部存在意义就是为了保卫和清理哈德逊河。它比不上通用电气那么强大，但是它就在那，它甚至还出版了一份小报纸。我们的食物里满是致癌物质，但同时实验室里灯光彻夜不熄，那里的人正在探究癌症的秘密。

---

① 一种致癌物质，通用电气将其用于电子部件的绝缘，并在 1947—1977 年间大量排放到哈德逊河中。

不论你看向何处，在看到满目疮痍和令人忧郁的场面时，你也同时会发现有人在忙着寻找忧郁的解药，疾病的疗法和错误行为的纠正之法。有的时候好的工作和治疗的努力看起来甚至重复了太多；但至少它暗示着不息的忙碌——一种要面对一切不利继续下去的巨大欲望，它不管是在1976年7月还是在1776年6月，常常都看起来是无法遏制的。

然而这些命运的起伏不会让我失去勇气……它是令人振奋的事务，而勇敢的精神是不会被困难打败的。

让我们，在这个高大的船只沿着被毒化的河流逆流而上的重要的一天里，用伟大的约翰·亚当斯的话来鼓励自己吧。我们甚至会用一天的时间来扮成爱国者的角色，不用抱歉也不用羞愧。如果我们能有信心地面对未来就好了，如果我们能追寻幸福而不用担心一条有毒的鱼就好了。但我们受困于我们的化学，我们的农药贩子，我们下流腐败的公务员，就像亚当斯受困于英国人、加拿大人、印第安人还有天花的阴影一样。不要因为命运的起伏而泄气——自由是件令人振奋的事业（而且现在也没有多少天花了）。如果这片土地没有在我们眼前展开美丽又安详的画卷，它也不是个什么坏地方。它毫无疑问是个繁忙之地。敲响钟吧！点燃引线吧！送火箭上天吧！向着下一个百年的令人忧郁的场面、光辉的事迹还有紧急的事务前进！

E. B. White

On Democracy

Copyright © 2019 by E. B. White

This edition arranged with International Creative Management，Inc.

Through Bardon-Chinese Media Agency

Simplified Chinese edition copyright：

2023 Shanghai Translation Publishing House（STPH）

ALL RIGHTS RESERVED

图字：09 - 2021 - 151 号

图书在版编目（CIP）数据

论希望/（美）E. B. 怀特（E. B. White）著；肖一
之译. —上海：上海译文出版社，2023. 7
书名原文：On Democracy
ISBN 978 - 7 - 5327 - 9207 - 8

Ⅰ. ①论⋯　Ⅱ. ①E⋯②肖⋯　Ⅲ. ①文学—作品综合
集—美国—现代　Ⅳ. ①I712. 15

中国国家版本馆 CIP 数据核字（2023）第 125851 号

论希望

［美］E. B. 怀特　著　　［美］玛莎·怀特　编　肖一之　译
责任编辑/顾　真　装帧设计/柴昊洲

上海译文出版社有限公司出版、发行
网址：www. yiwen. com. cn
201101　上海市闵行区号景路 159 弄 B 座
杭州宏雅印刷有限公司印刷

开本 787×960　1/32　印张 8　插页 5　字数 91,000
2023 年 8 月第 1 版　2023 年 8 月第 1 次印刷
印数：0,001—6,000 册

ISBN 978 - 7 - 5327 - 9207 - 8/I · 5729
定价：68. 00 元